黒怪談傑作選
闇の舌

黒　史郎

竹書房文庫

目次

地獄

三十年以上前の体験だという。

その夜、俊太郎さんは友人と二人で屋台を三軒ハシゴした。

酔い覚ましに肝試しをしようと寺へ向かったのは、二十三時頃。〝出そうだから〟という安易な理由で、霊園のある西門から入った。

ところが、想定していた以上に園内が暗い。なにも見えなければ怖さもなく、足元の方が不安で肝試しどころではない。二人で百円ライターに火を点けるが手元が少し明るくなるだけで、ないよりマシという程度。指も熱くなって長く点けてはいられない。

しょぼしょぼと交互に点けたり消したりをしながら進んでいると、

「なんだこれ」

友人がライターで地面を照らしている。

そこに、人が入れるほどの四角い穴があいている。

覗き込むと階段が下へと続いており、地下墓所でもあるのかなと友人が声を弾ませた。寺ならそういうものもあるかもしれないが、入り口に扉も囲いもないというのはどうなのか。友人が穴に気づかなければ、転落していたかもしれない。

とりあえず入ってみるかとなり、友人が先に階段を下りていく。その後に俊太郎さんもついていくが、饐《す》えたような臭いが鼻を衝《つ》いたので足が止まり、そこから先に進めない。友人はまったく気にする様子もなく、彼のライターの火がどんどん下りていく。

少しだけ怖がらせてやろう。

いたずら心が生まれた俊太郎さんは、そっと上へと戻った。

自分が来ていないことに気づいたら、大慌てで階段を上がってくるだろう。

入り口を覗き込むと、ずっと下の闇でライターの火が点いたり消えたりしている。

いつ気づくだろうと笑いをこらえながらその火を見ていると、

「なあ」

すぐ背後で声がし、俊太郎さんは飛び跳ねるほど驚いた。

地下へ下りているはずの友人が後ろに立っている。

なにがあったのか、トレーナーの肩の部分が破れて血がにじみ、片瞼《まぶた》が黒く腫れて垂れ下がり、下唇は削り取られたように欠けていた。

「それ……どうしたんだよ」

「なにが」

友人はぼんやりと問い返した。

地下の入り口を覗くと、下の方で小さな火が点いたり消えたりしている。

「じゃあ、あれは誰なんだよ」

振り返ると、友人の姿がない。

そこには、べったりと闇が塗りたくられているだけである。

倒れているのかとライターの火で地面を照らすが、どこにもいない。よく考えれば、右も左もわからないこの暗さの中、友人の姿だけがはっきりと見えたのもおかしい。

ぞくぞくと悪寒を覚えた俊太郎さんは、いてもたってもいられなくなり、手探りで霊園を出た。

友人を置いて帰るわけにもいかない。あんなものを見るということは、友人の身に何かが起きているのかもしれない。かといって戻る勇気もなく、寺近くの見通しのよい道の端に座り込んで友人が現れるのを待った。

どれぐらい経ったか、寺の西門から人影が這い出てきた。

友人だった。

怪我をしている様子はなく、「ここ、どこだよ」と、寝ぼけた声と顔でたずねてきた。

三軒目の屋台を出てからの記憶がまったくなく、寒くて目が覚めたら真っ暗なので怖くなり、地面を這って出てきたのだという。

「ずっと、変な夢を見ていてさ」

地の底にある地獄へと一人歩いて降りていき、そこで何匹もの鬼に出遭って、殴られたり、刺されたり、潰されたりし、何度も殺される。

鬼はすべて、俊太郎さんの顔だったという。

笑顔

和寿さんは車で帰宅の途中、晩飯を買おうとコンビニへ寄った。

車を降りるなり、軽快な英語のラップが聞こえてきた。

すぐに発信元はわかった。細身の男がコンビニの入り口の真横に立ち、リズミカルに身体を揺らしている。

なんだ、ラリッてんのか。

目深にパーカーのフードをかぶり、袖をめくりあげた褐色の両手首にはカラフルなミサンガがいくつも下がっている。いかにも、たちの悪そうな手合いの臭いがする。

ご機嫌なのは勝手だが、あんな輩《やから》に店の前で歌われては怖がって誰も入れないし、店は大いに迷惑だ。あの手の若者には、大人がちゃんと社会のルールを教えてやらないといけない。

ヤンチャだった学生時代の血が再燃した和寿さんは、絡んでくるならやってやろうと相手をじっと見据えながら、ずんずんとコンビニに向かって歩いていく。

ところが、すぐに勘違いだったことに気付く。

ラップ男のフードの奥には、うつろな目をした七、八十代の老人の顔があった。

仙人のような生え方の髭《ひげ》は毛先がよじれて紙縒《こよ》りのようで、全身からかなりきつめの臭いを放っている。歌はラップでも英語でもなく、意味不明のわめき声だった。

一人で熱くなっていた自分が恥ずかしくなり、早々に買い物を終えて店を出た。

先ほどの老人はまだ入り口の横にいて、壁に寄りかかっている。

だが、さっきとは様子が変わっていた。

あんなにうるさくて賑やかだったのに、身動き一つせず、首をガクンと前に垂らしている。

胸元と足下には吐いたような黄土色の跡、ズボンにも失禁の跡がある。

大丈夫ですかと声をかけたが、反応がない。

俯《うつむ》いているフードの奥をのぞき込むと、真っ白な顔の鼻と口から、血混じりの涎《よだれ》や洟《はな》が糸を引いて垂れている。

すぐに店内へ引き返し、店員に救急車を呼ぶように伝えてから帰った。

あの様子ではきっと助からないだろうと思っていた。

数日後の夜。

例のコンビニに寄ると、あの件で対応した若い男性店員がレジを打っていた。他に客もいなかったので、「あれからどうでした？」と尋ねてみた。

救急車が到着した時点で老人はもう心肺停止状態で、間もなく死亡が確認されたという。

和寿さんはてっきりホームレスだと思っていたが、亡くなった老人はコンビニからごく近くのマンションに住んでおり、今年の初め頃まではよく夫婦で買い物に来て、店員とも気さくに会話を交わしていたそうだ。

それが二か月ほど前から一人で買い物に来るようになり、話しかけても返事をしなくなった。ここ一、二週間は買い物もせず、ああしてコンビニの前に立って、夜遅くまで何かを喚《わめ》きちらしていたという。

利用者からの苦情もあって困っていたのだが、長年、贔屓《ひいき》にしてくれたお客様だからと、店長の温情により、しばらくはそっとしておくことになったのだという。

おそらく、老人の妻は亡くなったのだろう。店長はそれを知っていたに違いない。

和寿さんは不憫に思い、帰り際、老人の立っていた場所に手を合わせたという。

それから一週間ぶりにそのコンビニに行くと、例の老人の立っていた場所に小皿が五つ置かれ、そのすべてに塩が盛られている。

供養なら線香だよなと思いつつ店に入ると、店内の空気がなんとなく暗くて重い。

レジカウンターにいるのは以前に話した店員ではなかったが、会計時にそれとなく盛り塩のことを尋ねてみた。

「僕はよく知らないんですけど、なんかヤバイみたいで」

数日前、急にオーナーが自分の家族を全員連れて店に来たのだという。困惑する店長に店を閉めるようにいい、賞味期限に問題のない弁当やパンなどの商品をすべて廃棄させた。

そのあとすぐに祈祷師が来て、本格的なお祓いがはじまった。

塩はその後、オーナーによって置かれたものだという。

「これも関係あるみたいで」と、自分の顔の眼帯を指さす。

たまんないっすよ、マジで。苦笑いで愚痴をこぼすと、急にサンドイッチや缶コーヒーのバーコードを機械でピッピと読み取りだした。

バックルームから店長が出てきたからだ。

「いらっしゃいませぇ」

生白い笑顔を見せる店長の前歯は、半分以上が失われていた。

タクシーチケット

ある年の夏、大型台風が日本に上陸し、各地に甚大な被害をもたらした。

横浜のタクシー会社に勤務する本戸さんは、とくに被害の大きかったA市へとボランティアに行った。

交通インフラの復旧度合は六割ほど。バス・タクシー会社はとくに再稼働が遅れており、一人でも多くのマンパワーを必要とされていた。本戸さんの会社からは四十人、他のタクシー会社からも同じくらい派遣されていたが、それでも足りなかったという。

利用者の多くは、罹災《りさい》証明など諸々の手続きをしに役所や臨時の窓口へ向かう人たちで、誰もが疲れ切った表情をしていた。いつもは積極的に客へ話しかける本戸さんも、この数日は寡黙にハンドルを握っていたという。

被災地に来て三日目のことだった。

住宅地で客を降ろし、駅に戻る途中で高齢の男性客を乗せた。正午過ぎだった。行き先を聞くと大型量販店の名が返ってきたが、その一帯は高潮による浸水被害によって、まだ営業再開の目途が立っていない。

その旨を伝えると、それでもいいから行ってほしいと言う。

通行止めも多く、たびたび車を停めては地図で道を確認しながら向かっていると、後部座席から手が伸び、「どうぞ」とカンロ飴をくれた。

「すいません、いただきます」

受け取るときに少しだけ手が触れた。

異様に冷たかった。

「クーラー、いったん消しましょうか？」

ミラー越しに尋ねた本戸さんは、思わず「あれ？」と声をあげた。

ミラーの中に乗客の姿がなかった。

「お客さん？」

返事がない。姿もない。

「お客さん、いますよね？　お客さん？」

返事がないので怖くなり、車を停めて後部座席を振り返る。

いる。

乗客はきょとんとした顔で、本戸さんのことを見ていた。

「どうかしましたか」

「いえ、すいません」

頭を下げ、運転を再開する。

疲れているのかな。

と、ミラーに目をやると――やはり乗客がいない。

だが、振り返ると、いる。

幽霊でも乗せてしまったのだろうか。そう考えると、急に背中が薄ら寒くなった。


そうこうしているうちに目的地に到着した。

乗客は被災者に配布されるタクシーチケットを渡してきた。本戸さんはそこでようやく、乗客への疑いが晴れた。こんなものを幽霊が持っているわけがないからだ。

大型量販店では、泥で汚れた商品を数人で店の外に運びだしている。車を降りた男性は作業をしている人たちの横を通って、奥の駐輪場の方へと歩いていった。

そこまで見届けると、本戸さんは駅の方面に向かった。

運転中、何かが腐ったような臭いが時々、本戸さんの鼻をかすめる。

だんだんと臭いが強くなるので耐えられなくなり、路肩に車を停めてドアを開け、車内の換気をした。その時、助手席のシートにある黒い物体が目に入った。

客からもらったカンロ飴だった。

ビニールの包装は黒い泥のようなものにまみれている。

臭いの元は、この飴だ。

もしやと、先ほど受け取ったタクシーチケットを確認すると、こちらも黒い泥のようなものがべっとりとへばりついており、ひどい異臭を放っていた。

その日、かの量販店から二百メートルほど離れた場所にある側溝で、最後の行方不明者が遺体となって発見された。高齢の男性であったという。

あぶない入道

「あぶない入道」という話を、なにかで読んだ覚えがある。

確か福島県に伝わるもので、通りかかる人に「あぶない、あぶない」と呼びかける入道の幽霊が出る、という内容だったと思うのだが、正直、自分の記憶に自信がない。

入道、つまり坊主頭の幽霊か妖怪が、なんらかの警告をするという話であったことは確かなのだが、詳細を思い出せないのだ。

ネットで調べると数件ヒットはするが、どうも私の読んだ話とは違う。かなり怖い話だったと記憶しているのだが、読んだ書名も思い出せないというのが情けない。残念である。

というのも先だって取材した話がまさに「あぶない入道」そのもので、これを執筆の際、ぜひともその資料を引用したいと考えていたのだ。

それは、こんな話だ。

仁村さんは携帯電話を持っていない。

べつに電話嫌いというわけではなく、特に必要性を感じないのだという。また、「携帯電話を持たない」というキャラが友人たちに定着してしまっているので、今さら持つのもどうかと思っているそうだ。

だから使用するのは家の固定電話になるのだが、一時期、よく混線するようになって困ったことがあったという。

「はじめはあんまり気にしていなかったけど、聞こえてくる声がなんだか気味が悪くってね」

通話をはじめて十秒もせず、声の高いおばさんが喋っている声が聞こえる。

遠くて聞き取りづらい声で、ずっと「あぶないよ、あぶないよ」と繰り返しており、誰かと会話をしているというより、一方的に言い続けているのだという。

また、どこへかけても混線するわけではなく、山口にある実家と専門学校時代からつき合いのある友人Tの携帯電話にかける時だけ、「あぶないよ、あぶないよ」と聞こえるそうだ。

「かけてる相手には聞こえてないんだよね。他の奴にも聞かせようと思って俺の家からT

の携帯にかけさせたら、やっぱ聞こえるんだよ」

不思議なことに相手からかかってくると聞こえないが、自分からかけると必ずといっていいほど聞こえたという。

はじめは家の回線に問題があるのだろうと思ったそうだ。


ある晩、実家の母親から電話がかかってきて、仁村さんは奇妙な質問をされた。

「あんたニムラって名前の坊主頭のひと知ってる？」

知らないと答えると、今朝方ニムラを名乗るお坊さんのような風体の人が訪ねてきたのだという。

その人物が「いちばん下はいるか？」と訊いてくるので、なんのことかわからず「知らない」と返事をしたら、「いちばん下があぶない」と言い残して去っていった。自分たちと同じ名字だなんて気味が悪いねぇ、と家族で話していたら、「いちばん下とは末っ子って意味じゃないか」となり、電話をかけた次第だという。

仁村さんは四人兄弟の末っ子である。

気味が悪いなと思っているところへ、今度はTから奇妙な電話がかかってきた。

「お前、家にいるよな」

家にかけておいて何をいうのかと返すと、マンションの玄関前に仁村さんにそっくりな坊さんがいるという。

顔は仁村さんの生き写しなので、まさか出家でもしたのかと確認のために電話をかけたのだと。

「すげー似てるから見に来いって」

Tが笑ったと同時に。


「あぶないあぶない」


例の声が受話器から聞こえた。

耳元でいわれているような近さに、思わず受話器を放った。

おそるおそる受話器を拾うと、すでに電話は切れていた。

それからすぐに、Tから「わりぃわりぃ」と電話がきた。

「Tのヤツ、近くで顔を見ようと坊さんに近づいたら、すごい剣幕でなんかいわれて、コンビニまで走って逃げたんだって」

Tが戻ると仁村さん似の坊主は姿を消していた。

そんなことが、昨年の中頃にあったという。

「結局、なにが危ないのか教えてもらってないんだよ」

その日以来、なぜか電話の混線はなくなったそうだが、それが逆に怖いんだと、仁村さんは不安をこぼした。

母泥棒

槇岡氏は三枚の写真をテーブルに置いた。

ピンク色のワンピースを着こなす、ひと昔前のアイドルのような美人。

ブロッコリーのようなパーマを冠した、木乃伊《みいら》のように頬が削げ落ちた女性。

不機嫌そうな顔でカメラを睨む、半纏がよく似合う肥え太った老女。

誰ですか、この人たちは、と訊ねると、母親であるという。

氏とは十年来の付き合いで、大変な苦労人であることは知っている。複雑な家庭環境で育っていることも氏本人から聞いていたが、母親が三人いることは初耳だった。

「これからするのは、実家での話なんだけど」

槇岡氏は三十年前を振り返りながら語った。

小学二年生の夏。その日は夕方から父親が近所のスナックへ飲みに出かけ、家では母親と二人だった。

土曜の夜はテレビがやたら面白く、気がつけば夜はすっかり深まっていた。

父親の帰宅まで起きているつもりだったが、先刻から欠伸《あくび》が止まらない母親に問答無用でテレビを消され、もう床に入るようにと促された。

消灯されて暗い寝室。

早々に寝息を立てだした母親の布団の中、槇岡氏はすっかり目が冴えていた。

玄関と居間を仕切る硝子戸をぼんやり見つめる。

擦り硝子には玄関の黄色い明かりが滲んでいる。

――お父さん、お土産《みやげ》忘れないかな。

飲みの帰り、必ず美味しい土産を持って帰ってきてくれる。槇岡氏はホイルに包んで葱《ねぎ》と一緒に炙った厚揚げが大好物で、今夜飲みに行っている場所が、その手土産を持たせてくれる店だと知っていた。グデングデンの父親の横で深夜番組を見ながら厚揚げをつまむのは当時、最高の贅沢だった。

小さな物音だったが、聞き逃さなかった。

鍵を差し込む音。開錠する音。ドアが開いた風圧で、硝子戸がガタンと揺れる音。

眠っている家族を気遣った、静かな帰宅だった。

硝子戸に映る、玄関の黄色い明かりが翳る。

槇岡氏は布団の上に正座をし、硝子戸が開くのを待った。父親の顔が見えたら「おかえりなさい」と笑顔で出迎え、お土産があるのか確認するのだ。

――遅いな。

酔いがひどく、靴を脱ぐことにも難儀しているのか、それとも玄関で寝てしまったのか、待てど暮らせど硝子戸は開かない。これではせっかくの厚揚げが冷めてしまう。

槇岡氏は隣の母親を揺すり起こす。

「ねえ、帰ってきたよ、ねえねえ」

母親は「んもう」と面倒そうな声を上げ、ふらふらと玄関へ向かった。

すると今度は、母親が戻ってこない。

半開きの硝子戸の向こうには人の動きがない。

「ねえー、お母さん、どうしたのー?」

返事がない。もう一度呼びかける。返事の代わりに、どこからかカタカタカタと音が鳴りだす。寝室の壁に掛けてある、山の撮影をした写真パネルのあたりから音は聞こえる。

急に怖くなった槇岡氏は、母親を呼びながら玄関へ走った。

いちばん最初に目に入ったのは、母親の背中だった。

玄関の靴置き場で、裸足で立っている。

僅かに開いた玄関ドアから半身を乗り出し、外の何かを見ていた。

そこに父親の姿はなかった。

「なにしてるの？　なに見てるの？　ねえ、お父さんは？」

誰もいないわよ。

母親は槇岡氏の手を掴み、寝室へ連れて戻った。


母親が奇妙な行動を取るようになったのは、それから一週間後だった。

もっと以前から変化は起こっていたのかもしれないが、槇岡氏がおかしいなと感じ始めたのがそのくらいの時期だった。

独り言を言うようになり、常に何かに怒っていた。よほど腹に据えかねることがあるのか、険しい顔で舌打ちばかりした。

急に喫煙するようになり、一日二箱も吸った。あまりに多いので父親が財布を取り上げると、外に出てシケモクを拾って持ち帰り、トイレでスパスパと吸うようになった。

トイレにばかり篭っている割には便秘がひどいようで、ひと月以上も通じがないと騒ぐ。かと思えば、家の外にまでも異臭を放つものを排泄し、それを流さずに残したままにする。

容姿にも変化が現れた。

日に日に痩せていき、頬がこけ、歯が抜け、眼窩《がんか》が落ちくぼむ。身体中の肉は骨にぶら下がる皮となり、腕にはホクロの予備軍のような染みが無数に浮き出て、肘は壊死したように黒く変色した。

「お母さん、どうしちゃったの？」

父親に泣きながら訊ねた。

憔悴しきった表情で伝えられたのは〈病気〉だった。

――病気なんかじゃない。お母さんはあの夜、連れて行かれてしまったんだ。ここにいるのはお母さんじゃない、別人だ。

無知な父親への怒り。だが所詮、子供の思考。なんの根拠もない。

ただひとつ、今も気になることがあるという。

「あんただーれ？」

あの夜、帰宅した父親が、母親を前にして口にしたこの言葉は、ただの戯言なのか。

「これから、こうなったんだよ」

美人の写真を指していた人さし指が、骸骨のように痩せた女の写真へと移動する。

二枚の写真はどちらも槇岡氏の母親を写したものだった。

じゃあ、この写真も？

肥え太った女性の写真を指し、私は訊ねた。

「そう。親父が太らせたんだよ。骸骨みたいな母さんが夢に出て怖いんだって。だからカロリーの高そうな食事ばかりを喰わせて、必死に太らせたんだよ」

糖尿病も怖いから、本当はやめさせたいんだけどな。

三枚の写真を回収しながら、槇岡氏は言った。

たまに実家へ帰り、寝室の写真パネルを見ると、あの夜のことを思い出すという。

ふと夜中に目覚めると、あの訪問者が昔の母親を返しに、ドアを開けるのでは。

そんな希望を、まだ捨ててはいないという。

バースデーケーキ

茂樹さん宅のご近所には、地元で有名な廃墟がある。

廃墟といっても家の形を完全に残す、旧家然とした由緒ありげな佇まいの建物である。奇跡的にも窓は二枚しか割れておらず、戸も腐り落ちてはいない。蔦《つた》などの植物の支配もなく、絵心のないヤンキーどものキャンバスにもなっていない。庭へ回って軒先から覗くと、日中なら窓から家の中の様子を窺うことができる。中は若干荒らされてはいるが、無暗な破壊をされてはおらず、散乱物の中には前の住民が暮らした生活の名残と、侵入者の残留物が綯《な》い交ぜになって広がっている。家の造り自体は古いが、人が住まなくなったのは、ごく近年のことなのかもしれない。

幽霊が出るとか、過去に事件や人死にがあったとか、そういう物騒な話もない。

どんな人々が住んでいたのか、なぜ廃墟になったのか、いつから廃《すた》れだしたのか。廃墟となった成り立ち——というと表現はおかしいが——に関しては諸説あり、訊く人によって、まったく違う情報を得ることになる。どれが定説なのか私には判断できかねるので、ここに詳細は記さない。


「とにかく、本当に忙しい時期でした」

奥さんは二人目の出産のために里帰りしていた。

そのあいだ、茂樹さんは小学一年生の娘、翔輪《とわ》さんの面倒を一人で見ることになり、毎日、仕事と慣れない家事とでへとへとになっていた。

そのうえ、この日はもう一つの大仕事も抱えていた。

翔輪さんのバースデーである。

仕事帰りに商店街へ寄っていき、ケーキや惣菜を買い込んで帰宅すると、翔輪さんと二人でパーティーの準備を始めた。あらかじめ翔輪さんが作っておいた折り紙の装飾を部屋に飾り付け、普段は使うことのないテーブルクロスを敷き、そこへ買ってきた惣菜を皿に盛りつけて並べていく。

唐揚げを皿に盛りながら、「あのね」と翔輪さんが話しだした。

「今日ね、おじいさんが翔輪にケーキをくれようとしたの」

「おじいさん？　へぇ、どこの？」

「わかんない。ケーキの箱を持って玄関にいたの。それでね、くれるって」

心当たりがなかった。近所で翔輪さんの誕生日を知っている人なんて、それほど多くはない。同じ幼稚園に通っていた友だちの親御さんくらいだが、娘とまったく面識のない年寄りを使いに出すはずもない。なんだか気味の悪い話だった。

「でもね、知らないおじいさんだったから、もらっちゃいけないでしょ」

「そうだな、ダメだよな」

「だからね、ちゃんと、いらないっていったよ」

茂樹さんは胸を撫で下ろした。これでその得体の知れぬケーキを食べたなんて流れになったら、今すぐに病院に駆け込んで調べてもらわねばならなかった。

「偉いな、翔輪は。それでおじいさん、どうしたの？」

「いなくなったよ」

「……そっか。どんなおじいさんだったか覚えてる？　名前とかいってた？」

「真っ白くて長い服を着てたよ。名前は忘れちゃった」

「ずいぶん派手な爺さんだな。誰なんだろうな、その人。もし今度、街中で見かけたらパパに教えてな」

「うん、わかった」

パーティーのあいだ、茂樹さんは言い知れぬ不安を感じていた。

翔輪さんの言葉の中に、気懸かりな表現があったのだ。

そのお爺さんは来たのではなく、「いた」。

帰ったのではなく、「いなくなった」。

確かに、そういったのだ。


「もうそろそろかもしれませんよ」

義母から連絡があり、週末に奥さんの実家へ行くことになった。

その当日は久しぶりに母に会えるので、翔輪さんは朝からテンションが高かった。そんな彼女の手を引いて駐車場へ向かっていると。

「あ、パパ、ケーキ」

「ケーキは向こうで買うよ」

「違うの、ケーキがあるの」と、腕を引っぱる。

翔輪さんが連れていこうとしているのは、例の廃墟だった。

引かれるまま、廃墟の敷地に入って庭へ回ると、翔輪さんは縁側にぴょんと乗り、「あれだよ」と窓を指す。

「あれ、おじいちゃんが持ってきたケーキ」

それを見た茂樹さんは、掬《すく》い上げるように翔輪さんを抱きかかえると廃墟の敷地から飛び出した。

翔輪さんがケーキだといって指さした物。

白い布で包まれ、結んだ飾り紐のついたそれは。

お骨箱だった。


あからさまに死を象徴する兆しを突きつけられての出産は、無事に終わった。

健康《げんき》な男の子で、産後の肥立ちもよく、奥さんは予定よりも早く実家から戻ってこられた。

「こうして順調に事が済んだからこそ、次に何かがあるんじゃないか、そう思ってしまうんですよね」

幼い娘に遺骨を渡そうとした老人の真意を測れぬ限り、茂樹さんの不安の日々は続く。

ハズレ

棚君の高校時代の話である。

ある日、帰宅部仲間のハルマキという同級生から学校帰りに「うちの猫がヤベエ」という報告を受けた。

「どのくらいヤベエの？」

「もう、死ぬって予感がするくらい」

「そんな予感がするものなんだ」

「だってあいつ、幻みたいなのを見せてくるんだよ」

こいつこそヤベエな、と棚君は引いた。それを察したハルマキは「ドラッグとか夢じゃねぇからな」とフォローし、「ヤベエ」理由を問わず語りに語りだす。

飼い猫のペジテは生まれつき腸の具合が芳《かんば》しくなく、まだ六歳だが、老猫のように動かなくなってしまった。餌をあげても吐いてしまい、糞尿もトイレですることができずに垂れ流し。あちこちでされては困るとリビングに毛布を敷いた段ボール箱を置き、その中に入れると、そこからまったく動かなくなった。

そんなある日、ハルマキがトイレに入っていると、脛《すね》に何かが摺り寄ってくる感覚があった。ペジテが一緒に入ってきたのかと下を見ると、タンクの下に入っていく黒い影を捉えた。そこで、「あ、いるわけないじゃん」と思いだす。ペジテはリビングの隅で段ボール箱の中にジッと蹲《うずくま》ったまま動くことはない。じゃあ今のは何なんだと怖々タンクの下を覗くが、そこには何もない。

これは別の日。二階の自分の部屋でゲームをやっていると、換気のために開けた窓の框《かまち》にペジテが立っているのが目の端に入る。おい危ないな、と顔を向けるとペジテの姿はなく、階下を見ても落ちた痕跡はない。リビングにいくと姿勢も位置も朝とまったく変わらぬペジテが箱の中に納まっている。

「親に話したらさ、ペジテはもう身体が動かないから、魂だけが自分の好きな所を歩き回っているのかもしれないねっていうんだよ。そんなことはありえないだろ」

「そうだな、ありえないよな。あれじゃない？　ずっとハルマキがその猫のことを気にしてるから、そういう幻覚みたいなのを見るんじゃない？」

だよな、とハルマキもこの時は納得していた。


ところが、翌日の朝の教室で。

「やっぱり、ペジテは自分が死ぬんだってことを俺に教えてくれてる」

ハルマキがやけに確信を持って断言した。

どうした、と訊くと、昨晩、こんなことがあったんだと語りだした。

部屋で格ゲーをしていると、後ろのほうから猫の鳴き声が聞こえてきた。

見ると、閉めていたはずの部屋の扉が開いていて、僅かな隙間から廊下が見えていた。

そこには当然、ペジテの姿はない。またか、とゲームに向き直ると、今度は部屋の中で鳴き声が聞こえだす。

にゃごん、にゃごんと、部屋のどこかで鳴いている。これはただ事ではないぞと腰を上げると、リビングにいた両親がハルマキの部屋に飛び込んできて、「今の声は何だ」と真っ青な顔で訊ねてきた。

「な？　俺の思い込みじゃなくって、実際に聞こえてたんだよ」

「外から他の猫が入ってきたんじゃなくて？」

「それなら気づくでしょ」

「だよな」

なんか、お前んちって気味が悪いな、と正直な感想を伝えると、ハルマキは機嫌を損ねて口を尖らせた。

「お前、ロマンがねぇよな。ペジテの魂への冒涜《ぼうとく》だよ」

見えない猫が歩き回っているのがロマンだなんて、ハルマキの頭はどうかしている。そんなことが現実に起きている彼の家も、どうかしている。遊びに来いと誘われても、そんな家には絶対に行きたくないな、と棚君は思っていた。

「そんで、重要なのはこっからでさ。ペジテ、どうも明日、死ぬみたいなんだわ」

「なんだわって、なんでそんなことがわかるの？」

「明け方さ、俺の部屋で聞こえたんだよ。こんな声が」

あした　ここで　しぬね

「それはおかしいだろ」

ゾッとした棚君は、あからさまに一歩引いた。そして、さっきから引っかかっていることを、すべてぶちまける。

リビングから動けないのにハルマキの部屋では死ねないだろ。ていうか、なんでいきなり人間の言葉なの？　なにより、飼ってくれた主人に迷惑かけたくないと思ったら、そのまま箱の中で死ぬべきじゃない？　それにさ、明け方なんていってるけど、お前ぜったい寝てる時間帯だろ。起きてるわけないじゃん。さすがにそれは夢なんじゃないの、と。

「でも、そういったのを聞いたのは確かだから。だからさ、今までありがとうって伝えたんだよ。感動的だろ」

ハルマキの飼い猫ペジテの話は、ここで一旦終わる。

なぜなら翌日、ハルマキの部屋で死んだのは彼の姉だったからだ。

姉の葬儀を終え、ハルマキは三日ほど登校したが、それからパタリと来なくなり、二年の夏休み中に何の連絡もなしに退学した。

卒業後、棚君は一度だけハルマキに連絡し、二人で飲みに行った。

気になっていた姉の死の真相には触れる隙がなかったが、会話の流れでペジテの話にはなった。

ペジテはまだ生きていて、元気に歩き回れるまで回復しているという。

はないし

これを怪談として書くか狂気系として書くかで、私は悩みに悩んだ。

結果からいってしまうと、明瞭《はっきり》とした怪異は起きていない。

そうなると怪談ではなくなるのだが、この話は捉え方次第で、どちらとしても聞けるのである。こう書くと著者の怠慢ともとられかねないが、この話の性質上、怪談かそうでないかは曖昧に留めておきたいという旨をお伝えしておく。


悠美さんが中学生の頃の話である。


中学校付近の駐輪場の中に《はないし》という人物がいた。

毛糸の解《ほつ》れた帽子を目深にかぶった爺さんで、夏でも冬でも薄手の灰色のジャンパーを着こんでいる。胸ポケットにはカタカナ交じりの社名のような白い文字が刺繍《ししゅう》されていた。

いつも虚《うつ》ろな目で体育座りをしており、なんの意味があるのか、結んで瘤《こぶ》を何個も作った三本のタオルを駐輪場の金網フェンスに引っ掛けていた。

歯が（おそらく）一本もなく、そのために顎《あご》はしゃくれ、顔は潰れて皺《しわ》くちゃだった。

悠美さんの周りでは《はないし＝「歯無いし」と「歯無い氏」をかけている》と呼ばれ、近所に住む人たちは、ただ《じいさま》と呼んでいた。

《はないし》は傍を人が通りかかると、金網を掴んで意味不明の〝呪文〟を唱えだす。

「これが真似できないんです。日本語のようで中国語にも聞こえる、微妙な発音なんですよ。まったくでたらめって感じでもなくて、なにか法則がありそうな。あれを即興でやれっていわれたら難しいですね。本当の異国の言葉みたいでしたよ。みんな、また〝呪文〟唱えてるよって気味悪がってましたね」

「あそこって《はないし》の呪いがかかってるんだってさ」

ある時、クラスメイトが笑い混じりに、悠美さんに教えてくれた。

《じいさまの呪い》は小学生のあいだで流行《はや》っていた噂で、そのクラスメイトの弟も本気で信じていたという。

それというのも、駐輪場沿いの通りは事故が多いことでも、よく知られていたからだ。

バイクや自転車の転倒事故、人と自転車の接触・衝突事故が年に二桁《けた》も起きており、近所では「なんだかわからないけど危険な場所」という認識であった。悠美さん自身も駐輪場から出てきた自転車に正面から衝突されたことがあるという。

「子供たちのあいだでは、駐輪場近辺で起こる悪いことは、みんな《はないし》のせいになっていたようです。小学生は《じいさま》の方で呼んでましたけど」

児童たちは、彼の〝呪文〟のせいで事故が多発していると考えたのである。

こうして《はないし》は実在する都市伝説として、つねに子供たちの話題に上るような存在となっていった。

彼を怖がって近寄らない児童もいれば、反対に面白がってちょっかいをかける児童も多かった。悠美さんは帰宅途中、《はないし》のそばの金網を蹴って笑いながら騒いでいる男子小学生の姿を幾度か見たことがある。

当時、地元では動物園に侵入して動物に危害を加えていた児童が、近隣の公園のホームレスにも危害を加えていた事実が発覚するという事件が起きており、大人たちも児童たちの行動には特に敏感になっていたのだが、人目のないところで暴行に及んでいた児童が多数いたようで、小学校では全校生徒集会も開かれていたそうだ。

ある日の朝の教室で、悠美さんは《はないし》が亡くなったらしいと聞いた。

日曜日の早朝、いつもの駐輪場内で倒れているところを発見され、病院へ運ばれたのだという。市の職員のような人たちが駐輪場にあった《はないし》の所有物を片付け、線香を焚いているのを見たという生徒もいた。これは後に知ったのだが、死因は病気ということであった。

学校帰りに通ると《はないし》の持ち物はすでに、すべて片付けられており、仄かにだが線香の匂いが残っていた。勝手なもので、いると気味が悪いが、いなければいないで何か物足りない。彼は、この帰り道の一風景であったのだ。そんなことを考えながら、《はないし》のいない駐輪場を見ながら寂寥感を覚えたという。

その後、駐輪場付近で人魂を目撃する児童が続出した。

噂が広まると、駐輪場にはお菓子を供える児童たちの姿が見られるようになった。

人によっては、それは心温まる光景に見えたかもしれない。

けれども悠美さんは、それは間違った見方であるという。

「子供たちはみんな、ただ怖かっただけなんです」

人魂のような時代錯誤なものを、子供が怖がるだろうかと思われる向きもあるかもしれない。しかし、《はないし》に暴行を働いた覚えのある児童ならどうだろうか。彼らからすれば人魂だけで充分、恐怖の対象であったはずだ。

ただ気味が悪いだけの存在であったホームレスに、多くの児童が菓子を手向ける理由。暗に、それだけ多くの児童が彼に対し、何らかの罪悪感を抱いていたということではないのだろうか。

「そのうち、人魂の目撃はぱったりとなくなったそうです」

――謝罪の気持ちが通じたってことですかね。

私の浮薄《ふはく》な発言に悠美さんは「いえ」と否定した。

「そうじゃないと思います。むしろ、逆なんだと思いますよ」

人魂の目撃は、おそらく作り話なのではないかという。

児童たちが罪悪感から生みだした怪談、あるいは児童たちへの戒《いまし》めの意味で大人たちが作った創作の話なのではないか、と。

「お菓子を供えたら出なくなるなんて、そんなの子供だまし過ぎますよ。それよりもこっちの方が深刻なんです」

それからというもの、問題の駐輪場沿いの通りは以前にも増し、事故が多発する場所になったのだという。

《はないし》の〝呪文〟が、いよいよ本格的に効いてきたのか、その路で怪我をする児童がひじょうに多かったのだそうだ。

見通しの良い直線道路なのに、よく車の追突事故も起きていた。

これは昔の話ではなく、今も連綿と続いており、昨年末には重大な事故も起き、児童が一名、亡くなっているという。

「それが本当に《はないし》の呪いなのかっていわれると、ロボットが玩具売り場に並んでるような時代ですし、呪いなんてあるもんかってことにはなると思うんですけど。でも、きっと彼はまだ」

赦《ゆる》してなんかいませんよ。

悠美さんは小声で、どこかに向け、その言葉を深々と突き刺した。

直ぐメモ

夢は起きて直ぐの時は覚えているのに、時間が経つと忘れてしまう。今朝見た夢の内容を人に語ろうと口を開きかけ、まったく思いだすことができなかったという経験をお持ちの方もいるだろう。

夢を思いだせるオススメの方法がある。《直ぐメモ》である。枕元にノートとペンを置き、起きたら直ぐに見た夢の内容をメモにとる。これだけである。起床直後はどうしても意識が朦朧《もうろう》とし、話として上手くまとめるのは難しい。ならば、夢で見たものをキーワード化して記録するのである。これは、キーワードの繋がりを読むことで夢の内容を芋づる式に引き出す方法で、記憶法でも用いられるやり方だ。

しかし、ご注意いただきたい。

思いださなくていいことを、思いだす場合もある。

忘れてしまった方がいいことが、忘れられなくなる場合もある。

これは、壮一さんの御子息の太一君が小学校低学年の頃の話である。


「すごい夢をみたよ」

その日の朝食時、興奮気味に太一君が両親へ報告した。

とても怖い夢を見たのだという。

「へぇ、どんな夢?」

壮一さんはスマホを弄りながら訊いていた。

「えっとね……えっとね……あれ」

頭をがりがりっと掻いて、

「忘れちゃった。パパは出てきた気がするけど」

「なんだよ、気になるなぁ。ぜんぜん覚えてないのか?」

「うん。でもね、ずっと、何度も見てるんだよ」

ここ数日、太一君は同じ内容の夢を見ているという。

起きた時ははっきりと覚えていて、怖くてどうしようもなくなるのだが、ベッドを下り、朝食のテーブルにつくと、もう記憶から飛んでしまっている。

「絶対に忘れないって思ってても絶対に忘れちゃう」

「はは、夢はそんなもんだよ。じゃ、思いだせたら教えてな」

「でもまって、今頑張って思いだしてみる。えっと、えっと、あのね、あのね」

「あのね」ばかりを繰り返す太一君の鼻から、ツー、と赤い線が下りる。

「あっ、鼻血！　ママ、ティッシュティッシュ」

無理して思いだそうとするからだ、と壮一さんはゲラゲラ笑った。

「夢って忘れない方法ないの？」

鼻にティッシュを詰め、もどかしげな顔をしている太一君。

壮一さんは「あるよ」と、以前に週刊誌から読み拾った夢の記録法を彼に提案した。

それが前述した《直ぐメモ》である。

「覚えていたい夢を見たら、ベッドから出る前にシャシャッとメモるんだよ。それでもう忘れないから。よし、ちょっと待ってろ」

そういうと自分の部屋から使っていない大学ノートを持ってきて、表紙にマジックで『太一の夢ノート』と書いた。

ノートを受け取った太一君は、やる気満々で「わかった！　絶対、思いだすからね！

待っててね！」と使命感を帯びた口調で約束してくれた。

その晩、壮一さんが仕事から帰宅すると、太一君は玄関まで走って出迎えた。おかえりなさいも言わず、自信に満ち溢れた表情でノートを差し出す。

「おっ、さっそくか」

夕方、自室のベッドで読書中に眠ってしまい、また例の怖い夢を見たという。リビングで冷たいビールを呷《あお》りながら「どれどれ」と夢ノートを開く。

「本と天じょうのところ」「みつかった」「おめんのつの」

ブツ切りで夢の内容が記録されている。

これだけではわけがわからないが、確かに怖そうな内容だ。

そのページに書かれているのはその三行のみで、裏ページに描かれたものが薄っすら写っている。なにかすごいものを描いたみたいだな、とページを捲《めく》った壮一さんは、一瞬、言葉を失った。

ページいっぱいに描かれていたのは、男の首から上。

「これ、誰が描いたんだ？」

「ぼくだよ。だって、ぼくのノートだもん」

「ちょっとママ、これ見た？　ママ描いたんじゃないの？」

「やめてよ！」奥さんが悲鳴のような声をあげた。「見せないでよ！」

「なに怒ってんの」

「そんなの私が描くわけないでしょ」

「じゃあ、誰が、こんな……」

とても、小学生が描いた絵には見えない。上手すぎるのだ。

驚くべきは、その精細な描写。

目尻や口元の皺《しわ》、髪の乱れ方、口から覗く前歯。

夢の記憶を手繰《たぐ》り寄せたというより、目の前にある顔をスケッチしたような緻密《ちみつ》さだった。去年の誕生日に太一君から贈られた、壮一さんの似顔絵とはまるで違う。

これは息子の描いた絵ではない。大人が描いたものだ。学校の先生にでも頼んだのか。

だとしたら趣味が悪い。生徒のノートにこんな顔を描くなんて。

この絵は一見、完璧なのだが、致命的な欠陥がある。

この顔《かお》は、生きていない。表情が死んでいる。

まるで、生首をスケッチしたみたいだ。

「太一、お前が見たのは、どんな夢なんだ？」

「えっとね」

もういい加減にして！

奥さんの叫びがリビングに響き渡った。


太一君の就寝後、奥さんは泣きだしそうな声で壮一さんに打ち明けた。

「怖くていえなかったんだけど」

一昨日の深夜、シャワーを浴びてから寝室へ向かう途中、太一君の部屋から低い唸り声を聞いた。

魘《うな》されてるのかなと、そっと部屋に入り、ベッドの太一君を覗きこんだ。

そこで眠っていたのは。

ノートに描かれていた顔だった。

怖くなって部屋を飛び出したが、後で冷静になって考えてみると、あれは影の加減でそう見えたんだ、と臆病で早とちりな自分に冷笑した。

しかし、今夜、ノートに描かれた顔を見て、あの晩に見たものは見間違いではなかったのだと知る。そして、ある確信を持ったのだという。

「私、あの顔、誰なのかわかる気がする」

「誰だよ」

「太一よ。あの子の」

死に顔よ。


以来、夢の記録はやめさせたが、太一君は今も時々同じ夢を見るらしい。

その内容を何とか思いだして親に伝えようとしている。

いつか思いだし、その内容が朝食の席で語られる日が来る。

そう思うと怖くて仕方がないという。

祟られる筒

大村氏の父方の祖父は《祟られる筒》を持っていた。

「なんの時だったか、一度だけ見たことがあるんです。卒業証書の筒より太くて短くて、白い紙で包んである、そうそう、使いかけのトイレットペーパーみたいですよ」

父が幼少のみぎりから在ったものだが、家族の誰も、その中身を知らない。

保管されていたのは物置部屋の奥で埃をかぶっている机。その抽斗《ひきだし》の中にあったが祖父は鍵を掛けていた。

祖父が一度だけ、夏の土用に虫干しをしている時に大村氏は、それを見た。

それが何かと訊ねると、「開けたら祟りが怖いぞ」と脅されるだけで、なぜ、祟られるのか、筒の中身がなんなのか、なにひとつ語らぬまま、祖父はある晩秋の未明に事故で亡くなった。

昭和の終わりに近い頃。

中学生になっていた大村氏は、ふと筒のことを思い出した。

ひとたび思いだすと、なにをしていても筒が気になる。

好奇心に背中を押されて物置部屋に入ってみたが——六畳ほどの部屋に、いったいいつから保管されているのかもわからぬ古い机や箱が未整理状態で積まれていた。奥の牙城に迫ろうにも一つ抜けば崩壊するような状態に、さすがに一人では無理だと考え、家族を籠《ろう》絡《らく》することにした。

食後の団欒《だんらん》の時間を狙い、大村氏は家族にこう切りだした。

「お祖父《じい》ちゃんの筒って、まだ机の中だよね」

「だめだぞ、祟られるんだから」

本題に入る前に父から釘を打ちこまれた。そんなことでは諦めない。

「でも気になっちゃって。これじゃあ、受験に差し支えるよ」

「私も気になるな」と妹の後方支援。

「だめだめ。それで開けて、ほんとになにか起きたらどうするんだ」

「中身がなにか、お父さんも知らないんでしょ?」

「知らん。知らなくていい」

「お祖父ちゃんの書いたラブレターとか、昔好きだった人の写真とかが入ってるだけってこともあるかもしれないよ。恥ずかしいから見られたくなくて、祟られるって脅してるんじゃないの？」

そういうことじゃない。

大村氏の見解を父はあっさり否定する。

「あれは開けたからって祟られる筒じゃないんだよ。でも、そういうくだらんものが入っているわけじゃない」

どういうことかと訊ねると、母にビールをもう一本追加した父は語ってくれた。

「あの筒の中に何が入っているかは知らんが、家族の誰かが祟られた時に開ける物だってことは聞いたよ」

そもそもの解釈が間違っていたのだ。

あの筒の中身は開けると祟りが降りかかる物ではなく、祟りから守る物が入っているのである。筒の中身は希少なものらしく、開けてしまったらそれっきり。祖父が「開けたら祟りが怖いぞ」と脅したのは、開けたら祟りからは守ってもらえなくなるぞといっていたのだ。

やがて、大村氏は社会人となり、結婚をし、子宝を授かる。

実家は朽廃《きゅうはい》が進み、長男である氏が家の一部を改築することになる。その際、腐りかけた床板を修繕するために物置部屋の中身もすべて外に出された。

例の机も、その姿を見せた。

時代劇に出てくる帳場机に似ており、鍵付きの抽斗が幾つかあった。

しかし、どの抽斗も鍵が掛かっておらず、中から出てきたのは、黄ばんだ半紙だった。

半紙は筒状に丸まっており、あの筒を包んでいたものに違いない。隅に小さく、日付と『大川島』と筆で書かれている。

日付は、祖父の命日であった。


「家族で話し合って出た結論は、祖父が筒を開けたんだろうということです。事故で亡くなったのは、家族の誰かの祟りを受けたからなんじゃないのかって。確かに祖父の死には幾つか不審な点がありました」

ここでは明記を差し控えるが、その亡くなり方は、たいへん酷《ひど》く、確かに違和感を覚えるものであった。

大村氏は今も沈思黙考するという。

誰が何に祟られたのか。祟りが祖父をあんなに惨《むご》たらしく殺したのか。それとも、祖父が自ら、ああして命を捨てることで祟りが打ち消されたのか。祟りはもう、終わったのか。

そして、懸念する。

再び同じことがあった時――すなわち、誰かが何かに祟られた時。

「どうすれば、いいんでしょうね」

もう、この家には、守ってくれるものはない。

たぬき

「母方の祖父の家が、山陰の山奥にあったんです」

もうありませんが、と生方さんは付け加えた。

小学校の低学年まで毎年、同じ東京住まいの従妹と遊びに行ったそうだ。

これは夏休みの中頃の話だという。


到着する頃には、日も暮れかけていた。茜色の空を背にして佇む二階建ての木造住宅。

すでに顔も知らないような親戚たちが集まって談笑している。

母親は荷物を置くとすぐに台所へ入り、夕食の準備をしている叔母たちの手伝いをする。

「かあちゃんがいなくなってから、とうちゃんのテーブル広くなっちゃったね」

誰かがそんなことを言いながら、テーブルを拭いていた。

夕食の準備のあいだ、男性陣は景気の悪い話に花を咲かせている。父親も「うちはコレが残らなくって」と指で輪を作る。

テーブルへ料理が運ばれてくる。煮物や、肴をメインにした料理が多い。子供には瓶のコーラが一本ずつ与えられた。

栓を開けてやろうと祖父が横に座った。

栓抜きを引っかけて力を入れているが、なかなか開けられない。腕の筋肉がぐりぐりと動いていた。すごくがんばってくれて、やっと開く。祖父にもコーラを飲ませてあげた気がするが、飲んでいたかは覚えていない。

夕食後は、縁側で従弟と二人で花火をし、それを親戚たちが家の中から見ている。西瓜《すいか》を切ってくれたので、たまに縁側に戻ってひと口齧っては、花火に戻るを繰り返す。

ひと足先に花火が尽きると縁側で祖父の隣に座り、従弟が勿体ぶりながらチロチロと火花を散らすのを見ている。

大粒の蛾が部屋に飛び込んで電燈の紐で遊び始めるので、叔母の一人が団扇《うちわ》で追い払おうとする。

去年も同じような光景を見た。同じようなことをした。その前の年も多分そうだった。

来年も同じことをするのだろう。

でもこの年は、ここからが違った。


どすん、と上から重たげな音がした。間をおかず、同じ音が二度。

今のなに？　と隣の祖父の顔を見る。

祖父は額に皺を集め、目を剥いて廊下の方を見つめている。

すごい顔だった。親戚たちの顔つきも変わっていた。

一様に笑みを剥ぎ落とし、廊下の方を見ている。廊下の先には二階へ上がる階段と汲み取り便所がある、
大柄な叔父さんは、立ち上がろうと片膝をついたまま廊下を見ている。

どすん。どすんどすん。

また、上から聞こえる。

「じゅんちゃん、おいで」

叔母は裸足で庭に下りて、何にも気づいていない従妹を家へ上げる。

「おーい、たぬきがおるぞー」

向かいの家の方から声がした。

庭の塀の上から、ひょこひょこと手が動いている。

「たぬきがおる、ギンジョさん、あんたんとこ、たぬきがおるよ」

ギンジョは銀丈。祖父の名である。

どうして向かいの人は、あんなところで手を振っているのかな。話があるなら玄関から来ればいいのに。

そんなことを思っていると黒電話が鳴った。

電話に出た祖父は面倒そうな声で、

「ああ、わかっちょる、わかっちょる」

受話器を置くと、近くにいる叔父や叔母たちに告げる。

「林んとこも、上にいるいうちょった」

「おじいちゃん、たぬきがいるの？」

祖父は諌めるような厳しい目を生方さんへ向けた。

「だまっちょれ」

どすん、どすん、とまた聞こえる。上に何かがいるのだ。その、たぬきが。

両親も親戚も祖父も、口を真横に引き結んでいる。母親だけ何故かこのタイミングでテーブルの湯飲みに茶を淹れている。

「ねぇ、なんで。たぬき見たいよ。見ぃーたいー」
祖父が従弟の頭の埃を払うように撫でた。
「子供が見るもんじゃねぇ」
目ん玉、腐るからな。
そう脅す祖父の声は、ガラガラにしわがれていた。
「テレビつけろ」
誰かが言ったので、誰かがつけた。
眼鏡の男が司会のクイズ番組がやっている。音量がどんどん上がっていく。
あーはっはっはっはっ。
不意に、祖父が笑った。
はっはははははははっ
体格のいい叔父も笑う。
うふ、ふふ、あはははは。
叔母も、母親も。
母親は笑いながら、生方さんに「笑お」と優しく言った。
あーはっはっはっ。わっはっはっはっはっ。うふふふふ。

「さっき台所で恭子ちゃん、まな板落としそうになったのよね、シイタケがころころって」

があっはっはっはっ。あはははっ、うはははっ。

耳が痺れるほどの音を立てて拍手をする叔父さん。

「昼頃よね、じゅんがね、カーテンの中に蝉がいるっていうから、どれ？　なんて近づいたら、ンモーッ、大っきいアブなのよ、だから、じゅーんってカーテンから離して――」

ふっはあっ、はははっ、じゅんくんじゅんくん、そうか蝉に見えたのかあ、アブがなあ。

従弟のじゅん君も、何だかわからずに笑っている。

父親は、蕗《ふき》とぜんまいの炒め物を食べながら、肩を上下に揺らして含み笑う。

大音量のクイズ番組。耳に痛い拍手。心から笑っていない笑い。

――狂宴。

みんな、顔も笑っていない、笑っているように作っている。

祖父などは声だけで、あーはっはっ、あーはっはっ、と声を上げながら、階段を丸い目で凝視している。そこへ向けて笑っているようだった。

向かいの家からも笑い声が聞こえてきた。

「あれはなんだったんだよ」

成人してから、生方さんは母親に訊いたことがある。

すると、わからないのよねぇ、と返ってきた。

母親が子供の頃から、ああなのだという。

彼女はこんな解釈をしていた。

「たぬきは、泥棒とか病気とか、来てほしくないものに対する隠語じゃないのかな。うちは夜でも起きているぞー、こんなに明るい家には来るなよーって。魔除けよ、魔除け」

そんなわからないことを子供の頃からずっと続けて、なんの疑問も抱かない母親も親戚も、生方さんは少し怖いと思った。

「じゃあ、二階で鳴ってた音は?」

「そんなもの鳴ってた?」

真顔でとぼけられたという。

親戚に訊こうにも、訊ける人がほとんど残っていないそうだ。

例の日の年末から、祖父をはじめとしてバタバタと立て続けに死んでいたのである。厭な流れだが、それは〈たぬき〉とは関係ないだろう、とは生方さんの意見である。
海外勤務のじゅん君が帰国したら、電話をしてみようと思っているそうだ。

キメラ

響子さんが小学生の頃まで暮らしていた村は、静かで寂しく、どこか薄暗い雰囲気の、記憶に残るような美しい景観もない、ひどくつまらない場所であった。

住人の数は年々減る一方で、当時、小学校の全校生徒は六十数人、同学年は二十人余であったが、卒業する頃には十人台にまで減り、次の学年は一ケタであったという。

とにかく、変化や未来という言葉には疎《うと》い村であった。いついつまでに道路ができるとか、どこそこに施設の建つ計画があるとか、村の大人たちのあいだでは明るく景気のいい発展の兆しがたびたび囁かれてはいたのだが、実際は重機と作業員がやってきて工事が始まっても、何かが完成したためしはない。

せっかく穴を掘ったのにまた埋めなおしたり、それらしい完成の形が見えてきたのに中途半端なところで止まってしまったりと、結局、村はいつまで経っても悪い意味で変化がなく、むしろ、掘りかけ、作りかけで放置された場所が土地を侵食していくばかりで、

「人が住む」という、コミュニティにおける最低限の機能までもが喰い削られていった。だから、子供たちも無駄な期待はせず、大人の事情は色々と難しいのだということを自然にわかっていたそうだ。

そんな村で過ごした数少ない思い出の中、今考えても奇妙で説明のつかないことがある。

外国人が引っ越してきた。

ある日、そんな噂が村中に広まり、子供たちが大騒ぎになった。

刺激の少ない村では大ニュースだ。

当時、六年生だった響子さんは、同級生の何人かで、その家を見にいったという。

外国人の家は、村の外れにポツンと建っていた。

子供たちは勝手に、お城みたいな大きくて豪華な造りの家を想像していた。

ところが実際は、トタンだけで拵《こしら》えたような、みすぼらしく小さな家であった。肩透かしを食い、「つまんない」とぼやきつつ、「子供はいるのかな」「転校してくるかな」と再び期待を胸にしながら、みんなで帰ったのを覚えているそうだ。

それから一週間ほど経っても、一向に外国人を見たという話は聞かなかった。

デマだったのではないか。皆が噂を疑いだす。

所詮、小規模なコミュニティの中で巡った噂。発生地点は、すぐに判明した。噂の発信源は二人の四年生の女子であった。

彼女たちは、問題の外国人が引っ越してきた、その当日の様子を見ていた。

背が高く、いかにも外国人という顔をした男の人が、あのトタンの家の前でシャベルを引きずって歩いている姿を目撃していたのである。

響子さんも、この二人の目撃者から話を聴いたことがある。

「●●に似てる人だったよ」とは、目撃した一人の談。

伝記本に写真が掲載されている、ある有名な偉人とそっくりだったという。

もう一人の女の子は、駄菓子屋に売っている某菓子のキャラクターに似ているという。

かっこよかったのかと問われると二人とも首を傾げ、「かっこいいかもしれない」と揃って曖昧な答えを出す。

これでは、まったく人物像が掴めない。本当に外国人かどうかも疑わしくなってきた。

なにより、目撃したのが四年生の女子が二人だけというのが微妙に頼りない。

そんな中で、今度は六年生に目撃した者が現れた。

六人の男子たちは自転車で池のそばを走っていると、前方からシャベルを引きずって、俯き様で歩いてくる、背の高い、見慣れぬ大人の男性を見ていた。

遠目にも日本人離れした面立ちがわかり、妙に顔が長く、馬面であった。肌は真っ白で、この人が噂の外国人かとおもった六人はすぐに自転車を止めると、会話をしているふりをしながら、その人物がそばを通過するまで待った。ちゃんと確かめたかったのだ。

ところが、なかなか近くまでやってこない。

よほど歩幅が小さいのか。前方に姿は見えているのだが、さっきから距離が変わっていないような気がする。止まっているのかというと、ちゃんと歩いて進んでいるように見える。

どれだけ待っても来ないので、同じ場所を行ったり来たりしているのではないかとなり、もう少しこちらから近づこうと話しているうちに、外国人はいなくなっていた。

そんな短時間で完全に姿を隠せるような場所ではなく、たとえ走って去っていったにしても、全員がそれを見逃すはずはない。

すっかり、六年男子のあいだで、その外国人は「宇宙人」扱いだった。

瞬間移動《テレポーテーション》を使ったというのだ。

女子はもう少し大人なので、別の仮説を唱えていた。

外国人などではなく、ただの変人が引っ越してきただけではないのか。

冷静に論じ合った結果だった。

村の誰も詳しい情報を持っていないということは、大人たちとも交流がないということだ。それは仕事もしていないという可能性が浮上する。住んでいるのも村の外れ。家も適当に建てたバラック小屋みたいだし、改めて家を確認すると窓らしきものが一つも見当たらない。そして、目撃されている時は、なぜかシャベルを引きずっているケースが多い。

いくらなんでも怪しすぎた。

なにより、決定的に外国人であるという情報がない。

偉人の●●に似た日本人離れした顔で、背が高く、色白。それだけである。

しかし、この外国人騒ぎは、まだ始まりでしかなかった。


「なんだか、えらいハンサムな外国人を見たよ」

響子さんの母親が学校付近で問題の人物を目撃していた。

色白な金髪。米屋の主人に少し似ていたという。米屋の娘は響子さんの同級生で、何度も家には遊びにいっているし、父親も見たことがある。しかし、外国人のようかといわれると首をひねってしまう。

祖父も目撃していた。例のトタン小屋の付近で幼い子供の手を引いて歩いている後ろ姿を見ていた。子供は金髪で、甲高い声で笑っていた。後ろからでは男の子か女の子か、わからなかった。小学校に入っていてもおかしくない年頃に見えたというが、そういう子供が転入して来れば、すぐに噂は耳に入るはずだ。

他の児童の親からも目撃情報が出てくるようになり、大人たちの認識も外国人であることがわかった。

子供たちのあいだでは、引っ越してきた外国人は、さらにおかしなことになっていた。

ある者は、真っ青な色の服を着て、家のそばで穴を掘っていたという。

ある者は、算数の先生にそっくりだったという。

ある者は、家で飼っている犬に似ていたという。

ある者は、顎に大きな瘤のようなものが下がっていたという。

ある者は、黒目が白く濁っていたといい、持っているのはシャベルではなく、杖ではないかという。

その頃の響子さんの見解では、引っ越してきた外国人は一人ではなく、複数。だから、情報がまとまらないのだ。子供がいるのなら、他の家族がいてもおかしくはない。しかし、あの家は家族で住むにしては、あまりに小さく、粗末におもえる。

やがて、子供たちの想像と噂は制御を失い、「このまま死んだ●●さん（若い女性）とそっくりだった」「片腕だけ地面につくほど長かった」「口がなかった」「歩きながら背が伸び縮みしていた」など、信憑性のまったくない、オカルト寄りの目撃情報が増えだす始末。

どんどん真実からかけ離れていくようで、なんだか噂を追いかけるのが馬鹿らしくなった響子さんは、引っ越してきた外国人への興味を失っていったという。


あの外国人が死んだらしい。

そのうち、こんな噂まで耳にした。

これは事実のようであった。例のトタン小屋の前に駐在さんやスーツを着た人たちが集まっているのを複数の大人たちが見ており、彼女の両親も目撃している。

自殺か事故か。死んだのは一人なのか。複数なのか。祖父の見た子供も一緒だったのか。

結局、ほとんどのことがわからぬまま、外国人の噂は囁かれなくなっていった。

響子さんが生まれ育った村を離れる二週間ほど前のこと。

　また、奇妙な話を耳にすることになる。

「歩いていた」というのである。

　背が高い外国人のような男が、あの小屋がある場所の近くでシャベルを引きずっている姿を複数の児童が目撃した。

　偉人の●●に似ていた。顎に瘤を下げていた。片腕の長い白人だった。真っ青な色の服を着た子連れだった。

　以前、囁かれていたのと同様の噂が、再び村を巡り出したのである。

　なぜか、あの誰も「幽霊」だとはいわなかった。まるで生きている人間であるかのような目撃情報ばかりであった。

　響子さんの父親も、ある晩、帰宅するなり驚いた表情で、「あの外国人がおった」と話した。職場の近くで、やけに背の高い人が行ったり来たりして目立つので、なんだろうと見てみると、あのトタン小屋の住人の外国人だったという。

「死んだんじゃなかったんかな」

　興奮気味に語る父親の話を、まるで怪談でも聴かされているような、母親の昏《くら》い表情が印象的であったそうだ。

引っ越してから一年くらいは同級生と手紙を交わしていた。

その中で幾度か、「あの外国人の話、どうなってる?」と書いたが、明確な答えは返ってこず、その同級生とも疎遠になってしまったそうである。

もし、あの頃の噂がすべて真実だったとしたら。

すべての情報を合わせ持つ異国人が存在していたのだとしたら。

いったい、どんな人物が村にいたのだろう。

まるで、想像がつかないという。

ばあちゃんこわい

西中島さんは一児の母である。

彼女は今、とても大きな不安を抱えている。

祖母だ。

彼女は昔から、祖母のことが好きではない。むしろ、大嫌いであった。

その感情は日々、増していき、今現在は特に強くなっている。

祖母が怖いというのだ。

「ボケちゃってるとかでもないですし、悪気もないんでしょうけど、急にやりだすこととか、ぽろりと零《こぼ》す言葉が本当に怖い人だったんです。なんでそんなことするのってことばかりするんで」

私も祖父に散々怖がらされた口なので、彼女の気持ちはとてもよくわかる。私の祖父は愉快な人で、孫《わたし》を喜ばせようと、よく変顔《へんがお》や奇妙な動きの踊りを披露してくれたのだが、私は喜ぶどころか恐怖で震えあがってしまい、家中を逃げ回っていた。

相手は半世紀近く歳の離れた人間である。感覚がまったく違うのだ。その言動は時として不可解で理解し難く、小さな子供はそれを不気味に捉えてしまうこともあるだろう。

西中島さんの祖母の場合、喜ばせようというものではなく、思惑のまったくわからぬ奇妙な言動を見せたようだ。

いくつか例をあげると、「ワテル神（クテル神？）」「コノコロ大神」といった聴いたことのないような神様の名前を紙に書き、テーブルに画鋲で貼りつける。

飼い犬のことを突然、「みょうおうさん」と呼びだしたかとおもうと、餌皿に包丁を置いておく。

人に会うわけでもないのに真っ赤な口紅をつけて着物で着飾ったかとおもうと、無言で家の中を一時間ほど歩き回る。

異常な行動だ。しかし、祖母には自覚がしっかりとあり、「変なことをしているとおもうだろうけど、頭はしっかりしてるから安心してね」と前置きをしてからの異常行動であり、この後には、ちゃんと普通に戻るのである。

西中島さんは、いっそ祖母が痴呆であってくれればよかったという。

正常なのに異常なことをされると、日常を侵食されているようで不快だった。

数ある異常行動の中で、本当にやめてほしかったのは、何の前触れもなく声色を変えることだったそうだ。

「みんなで食事をしている時、突然、やりだすんです」

甲高い女児のような声で、意味不明なことをべらべらと喋りだす。

これが、本当に七、八歳の女児が喋っているような特有の生々しさがあり、初めの頃は何かが祖母にとり憑いたのではないかとおもったほどだった。

そんな祖母も亡くなり、数年が経った頃。

東京に出ていた西中島さんは職場の同僚と結婚し、出産のために里帰りをした。

親には安静を望まれたが、動かないのは逆に身体に悪いので、徹底的に実家を掃除しようとおもい、まずは子供の頃に自分が使っていた部屋の押し入れからはじめた。

中身を外へ出し、要るものと要らないものを分けていると、ぼそぼそと話し声のようなものが聞こえてきた。

外ではなく、家の中だ。

不思議なことに、押し入れの中に半身でも入れると聞こえ、よく聞こうと外へ出ると聞こえなくなる。荷物に音を出すものがあるのかと押し入れの中の物を全部出しても、外では聞こえず、押し入れの中でのみ聞こえる。

もっとよく聞こうと中へ入って、内側から襖を閉じると、はっきり聞こえた。

子供の声——いや。

祖母が声色を変えた時の、あの声とそっくりだ。

「やだ、なにこれ！」

悲鳴をあげながら、部屋から飛び出した。

居間にいる母親に起きたことを伝え、部屋に来て確かめてもらった。

母親だけ押し入れに入り、同じように襖を閉めると、中で黙って聞いていた。

「そうね、お母さんね」

押し入れの中から、襖越しに母親が伝えてきた。

「もうやだ、どうして、あの人の声が押し入れの中で聞こえるのよ」

声は何かを朗読しているようだが、一定の間隔で同じ言葉を繰り返しているようにも聞こえ、はっきりとはしているのだが、言葉としては聞き取りづらく、なにをいっているのかはわからない。そこがまた、祖母に似ている。母親はそう伝えてきた。

「もういいよ、怖いから出てきてよ」

西中島さんが懇願すると、押し入れ中から「ひっ」と聞こえた。

襖が勢いよくパタンと開き、中から真っ白な顔の母親が這い出てきた。

「いきなさい！　はやくいって！　いけ！」

わけがわからないまま、ものすごい剣幕の母親に急かされて家を出ると、車で祖母の眠る霊園へと連れていかれた。

怖くて何が起きたのかを聴くことができぬまま、二人で祖母の墓に手を合わせた。

帰りの車中、西中島さんは何があったのかを恐々、母親に訊ねた。

母体に障《さわ》るから聴かない方がいいといわれたが、知らないほうが余計に怖い。このまま、家に戻っていいのかもわからない。

「あんた、お腹の子、男の子よね、そういったわよね、それは確かなのよね」

そうだよと頷いた。

それなら大丈夫だから。

そういうと、後は何を聴いても答えてくれなかった。

西中島さんは今も、あの日に何が起きたのかを知らない。

お腹の子が男の子で安心した理由を知りたいのに、母親は沈黙を続けている。

今、夫と二人目が欲しいと話している。

もし、生まれる子が女の子だったら。
何かが起こる気がして怖いのだという。

引忌

数年前、直子さんが出張先で宿泊した旅館での体験である。

毎年、某観光地に出張へ出るのだが、きまって予約の電話を入れる旅館がある。名は伏すが、とても歴史深い古い宿であり、温泉が本当に素晴らしい。特に海の幸を堪能できる食事はオススメで、そのためだけに遠方から来る客は多い。ネットでの評価も高く、シーズンオフであったとしてもキャンセル待ちであることが多いという人気の宿である。

「仕事で行くのでも、せっかくだから旅も楽しみたいんですよ。だから、泊まるならそこしかないって決めていて。でも毎年、予約がとれるわけじゃないんで、その時はとれてラッキーって喜んでいました」

この日は仕事を終えて宿に戻ったのが午後七時頃だった。

楽しみにしていた温泉で仕事の疲れを落とし、もっと楽しみにしていた冷たいビールと海の幸で腹を満たすと、明日の仕事のため、早めに床についたという。

朝まで熟睡かと思ったのだが、なぜか、夜中にパチリと目覚めてしまい、時計を見ると二時間も寝ていない。温泉の効果なのか、それでも充分に眠った後のように身体はすっきりとしていたので、無理に寝ることもないだろうと、窓際の行灯《あんどん》型のライトだけを点けて、籐《とう》の肘掛椅子に座って読みかけの文庫本を開いた。

そうして一時間ほど読書をしていると、視界の端のほうで何かがちらちらと動くのに気づく。

なんだろうと見ると、部屋の中央の天井から何かが下がっているように見える。

行灯ライトを寄せてみると、それは二十センチほどの長さの赤い毛糸のようなもので、先端に赤い玉がついていており、それが僅かに揺れている。

視界の端でちらちらと動いていたのは、これのようだ。

――あんなもの、あったっけ?

椅子を立つと、下がっているものの傍に寄って、それを触ってみた。

毛糸で拵えたような柔らかい手触りで、ピンポン玉より少し小さいくらいの赤い玉だ。

部屋の飾りにしては、旅館の雰囲気とも違うし、なにより中途半端だ。

どうやって天井から繋がっているのかと軽く引っ張ってみると、
どさ。

足元に何かが落ちた。

慌てて確認するが、畳の上には何も見当たらない。

どさ、どさどさ、どさ。

どすん。

なんにも視えないが、なにかが大量に落ち、最後はかなり重たいものが落下したようで、畳から足に振動が伝わってきた。

引っ張った紐も、赤い玉も、気がつくと手の中から消えている。

それからというもの、誰かに見られているような厭な視線を感じ、落ち着かない。

時間が経つごとに視られているという感覚は強まっていく。

怖くなった直子さんは、部屋中の照明をすべて点けて、朝まで起きていたという。

「何か、ものすごく駄目なものを引き下ろしてしまったような気がするんです」

特に最後の「どすん」は、人がひとり落ちてきたような音と振動であったという。

念のため、その旅館で人が死んだような記事があるかネットで調べたそうだが、そういう話はひとつもみつからなかったそうだ。

運動部の秘め事

夏目さんが高校の教職員であった、二十年以上前の話である。

当時、運動部の部室は喫煙や暴力行為をはじめとする、あらゆる校則違反の温床となっていた。

顧問の教師が一切、部室に顔を出さないので、それをいいことに好き放題していたのである。

風紀が爛《ただ》れているのは教師たちもわかっていたが、わざわざ、ほじくり返して、停学だ、退学だ、体罰だとやると、保護者が口を出して面倒なことになるケースが多いので、極力、見て見ぬふりで放置しているという状況であった。

夏目さんはこういった教師たちの怠慢を許せなかった。

「風紀の厳しい学校で風紀委員の委員長をつとめていたことがあるんで、そのせいかもしれませんね」

　校内の風紀には常に厳しい目を向けていたが、運動部の顧問を務めていた夏目さんは、部室の状況を当然、見て見ぬふりで放置することなどできず、自分が顧問を務める男子バレーボール部の部室は月に一度、抜き打ちでチェックをしていた。いきなり鞄を開けさせて、中身を確かめることもあるし、練習中に無人の部室に入り、違和感がないかを確認することもあった。

「まあ、においで、だいたいわかりますよ。煙草のにおいは誤魔化しきれません。不自然な香水や消臭剤のにおいも怪しみます。よく嗅げば、隠しきれていませんからね。においって、当の本人は気づかないんで、意外と残されているものなんですよ」

　この時は怪しいにおいはなかったので、ほっと胸を撫で下ろしたのも束の間、再び、鼻をそばだてる。

　いや、におう。ほんの少しだけ、なにかかが、におう。

「え？」

　すぐ傍で、何かの声が聞こえた。

　まさか、部室で猫でも飼ってるわけじゃないよな、と視線を巡らせると、ロッカーの下に置いてあるスポーツバッグが、もごもごと動いている。

おいおい……冗談よせよ。あいつら……部室でなにしてんだ。

恐る恐るバッグに手を伸ばすと、そのバッグが、むくむくと膨らみはじめたので、夏目さんは慌てて手を引っ込めた。

なんだこれは、と心臓をバクバク打たせていると、今度は厭なにおいが鼻を衝く。

これは——精液のにおいだ。

再び、声が聞こえ、夏目さんは慌てて部室を飛び出した。

その勢いのまま、部員が練習中の体育館へ向かったという。

「聞こえたのは、赤ん坊の泣き声だったんです」

全員部室へ連れていき、目の前でバッグの中身を開けさせたが、鳴き声を発するようなものはみつからなかった。

「生徒なんて見てないところでなにをしてるか、ほんとわかったもんじゃないですよ」

それ以来、風紀に煩くはいわなくなったが、思い出したように、「避妊だけはしっかりしろ」とだけ忠告していたそうだ。

腕ウォッチ

小学生の頃のあだ名は重要である。

生涯、ずっとその名で呼ばれる可能性が高いからである。

私の学校にも苗字の後に「菌」と付けられていた者や、ストレートに「うんこ」と呼ばれている女子がいたが、思い出したくない黒い記憶《おもいで》となっているに違いない。

※

五年生の時、クラスに「腕ウォッチ」と呼ばれている男子がいた。

今は子供たちに人気のウォッチがあるが、このウォッチは恥の証である。

本名は河知《かわち》大作《だいさく》、もともとは「カワッチ」と呼ばれていた。

彼は手癖が悪いと噂があり、蕎麦屋のレジから一万円を盗ったとか、彼を家に招くとゲームや金が消えるとかいわれ、一部の児童から嫌われていた。

その噂の真偽であるが、本人がやったといわなければ、それは疑惑のみである。彼は疑われるたびに身の潔白を訴えていたが、結果からいえば、黒《クロ》だった。

いつまでも言い逃れられるはずもなく、そんな彼にも年貢の納め時がやってくる。

河知は友達の家で、友達の父親の腕時計を盗んだ。

腕時計自体はデジタルの千円もしない代物だったが、当時の彼は大人が身に着けているものは高価だと思いこんでいた。

家から腕時計が消えていることに気づいた父親が息子を問い詰めたところ、河知が盗んだかもしれないと聞かされた。翌日、父親は学校にやってくると、授業中の教室に入って来て、彼を大声で呼び出した。

人の家で盗みを働く子供の親の顔を見たかったようだ。河知の母親も学校に呼び出され、息子だけでなく、母親や、この場にいない父親の人格まで完全否定された。

担任の先生があいだに入り、なんとか穏便に済ませてもらったが、目の前で「うちの子とは一生、口をきくな」と釘を刺された。

その日は早退し、母親と帰った。母親は息子を叱りつけてもいいのに、なぜか、「ごめんね、大作、ごめんね」と謝っていた。

母親には、もう未来が見えていたのかもしれない。

彼の苦難の人生は、ここからが始まりだったのだ。


すぐに噂は広まり、彼は「カワッチ」から「腕時計」と呼ばれるようになる。

そのうち「腕ウォッチ」と呼ばれ、あだ名の由来を知らない子が疑問を口にするたびに、誰かが河知の罪を語って聞かせた。

名前も知らないような子に、すれ違いざまに「おい、泥棒」といわれる。

上履きに「ドロボウ」とマジックで書かれ、それに気づいた担任がみんなを怒ったが、誰かの「ドロボウがいちばんわるいとおもいます」という発言には口籠《くちごも》っていた。

当然、河知に友達と呼べる存在はできず、彼は学校に来なくなった。


中学生になると、彼は学校に通うようになったが、生徒の顔ぶれは小学校と変わらない。あだ名は変わらず、「腕ウォッチ」で、上級生が彼の存在を知ってしまい、いじめの対象となってしまう。

手の甲に画鋲《がびょう》を刺された。シャーペンの先で額に「肉」と刻まれた。上級生の妹のブルマをはかされて、放課後の校庭を走らされた。「泥棒が得意なんだろ」とスーパーや書店で万引きまで命ぜられた。

中学二年の夏休み。河知は苦痛から逃れるために自殺をはかる。

教室の三階の窓から飛び降りたのである。彼をいじめている上級生の教室だった。

それでも死ぬことはできず、軽い捻挫《ねんざ》で済んでしまい、夏休み明けに緊急の学年集会が開かれるほどの問題となった。

結局、河知は中学校にも来なくなってしまい、高校にもいかなくなり、家で引き籠るようになった。

そんな息子の将来を悲観し、その責任を一人で背負ってしまったのか、母親は自宅で首を吊ってしまう。


それから河知は、毎晩のようにカッターの刃を手首に当てた。

父親はろくに家に帰ってこない。もう、息子だとも思っていないかもしれない。今後の彼の人生に自分は不要どころか邪魔になる。それなら、今すぐに母親を追いかけて、向こうでちゃんと謝って、二人で家族をやり直したい。

その晩、暗い部屋の中、覚悟が決まってカッターを握りしめる。

死のう。今日こそ死のう。今日こそ死のう。

しんだらいたいよ

母親の声だった。

絞り出すような、心底苦しそうな声は、河知の口を借りて放たれた。

しんだらいたい。死んだら——痛い。

首を吊った時、そんなに苦しかったのか。それとも、死後に苦痛が待ち受けているということか。

こんな息子を、母親は死んでからも見捨てずにいれくれたのだ。

ぼろぼろと涙がこぼれた。

その日から、手首にカッターの刃を当てるのは止めた。

※

紀佳《のりか》さんは心がひどく病んでいた時、この話を聴かされ、死ぬのを止めた。

十年以上、不安や孤独に苦しんで、死んだ方が楽だと考えるようになり、何度も死のうとしたが、すべて未遂に終わっていた。
死ぬのは楽になるわけではない。
苦痛の時に死ねば、きっと、死後も永遠に同じ苦痛に縛られ続ける。
解放されたいのなら、とにかく生き続けるしかない。
どんなに落ちぶれて、絶望しても、そんな自分に生きてほしいと願う存在は必ずいる。
そう教えてくれたのが、現在交際中の彼氏であるという。
彼の名は、河知大作。

父の影を追う

この話は一昨年に頂いていたのだが、内容的に書いていいものか悩んだ末、お蔵入りにしていた。特定の人物の名誉を著しく傷つける可能性があるからだ。

しかし、昨年末に改めて詳細をメールで頂き、数カ所の固有名詞を●で伏せるか、その箇所を完全削除する方向で書いてはどうかとお許しを頂いたので、このたび、本書への収録を決めた次第である。

※

藤城《ふじしろ》さんは、物心がつく前から父親がいない。
それには、次のような理由があげられる。

・他所に女を作って出ていった。
・刑務所に入っている。
・末期のガンで亡くなった。
・轢き逃げされた。

「祖父母とか両親の友人に父のことを訊ねると、みんないうことがバラバラなんです」

もっとも事情を知っていなくてはならないはずの母親でさえ、「さあ」と知らぬ顔をする。「さあ」という対応からも、知らないのではなく、語りたくないのだということは充分に伝わってくる。

藤城さんの苗字は母親の旧姓なので、もう婚姻関係でないことはわかるのだが、どうして息子に真実を語ってくれないのか、理解できない。もう自分は子供ではなく、分別もつく年齢である。どんな事実を聴かされても、ショックは受けたとしても、その事実を受け入れる覚悟はできている。

周りがいうようなガンや事故死なら別に隠す意味も必要もないし、女を作って出ていったという理由も隠し通すような理由ではない。罪を犯して服役中というのが、いちばん隠す理由には近そうだが、少なくとも十年以上前の話で、しかも別れて今は他人なのだから、そろそろ話してくれてもいいはずだ。

こうなると、どれも真実ではないような気がしてならない。

皆、真実を知っているからこそ、自分に嘘をついているのだと考えると、人々から聞くどんな答えよりも残酷で愚かな理由が待ち受けているような気もする。

ひとつ、確信を持てるのは、母親に対し、父親がとんでもなく、ひどいことをしたのだ。

そういう印象は子供の頃からあり、だからよく、こんな夢を見ていた。


首から上と両腕のない父親が、枕元に立っている。

母親に許してもらいたい。謝りたい。

そんな想いを、なぜか藤城さんに向けて伝えてくる。

——それだけの夢だ。


藤城さんが成人式を迎えた日の夜だった。

何が切っ掛けでそういう話題なったか、母親とこんな会話を交わした。

「お母さんさ、昔、なんか変な人形、俺に寄越したよね」

「えー？　よく覚えてるね。作ったかもね」

「あれって、手作りだった？」

「そうだとおもうよ、どんな人形だったか、おぼえてるの？」

記憶は薄《うっす》らとしている。ただ、人の姿ではなかったような覚えがある。手だか脚だかがいっぱいある、虫のような人形だった。

顔は人のようで、目も鼻も口もフェルト生地で作られていた。

子供に与えるには、少々気持ちの悪い人形だったと記憶している。

「あの人形、どうしたんだっけ？　名前、なんかあったよね。なんだったかな」

「名前なんて、その場で適当につけたから忘れちゃった。あんたが外のどこかに置いてきちゃったんじゃなかった？」

「あー、そうだったかも」

実は、そうではない。母親は嘘をついている。息子が忘れているのなら、忘れたままにさせておこうと誤魔化しているのだ。藤城さんには、それがわかっていた。

母親は知らないが、実は見ていたのだ、あの日に。

何歳だったかも忘れたくらい、小さい頃の記憶。

外で遊んでいたら、勝手に一人で転んで膝をすりむいてしまい、めそめそ泣きながら、まだ日が高い時間に家へと帰った。

怪我に絆創膏を貼ってもらいたかったのだが、リビングに母親がいない。

血の滲《にじ》む膝を引きずって家の中を探していると、母親は薄暗い台所のテーブルに座っている。

母親の手には、あの気持ちの悪い人形があった。

後ろにいる藤城さんに気づいていない。なにをしているのかと見ていたら、複数生えた人形の手だか足だかを、ぶちりぶちりと引きちぎり、ハサミで首を切っていた。

どんな仕掛けがあるのか、人形の千切れかけた首からは、赤い血のようなものがどぶどぶと溢れだし、テーブルの上にぽたぽたと音を立てて落ちた。

あっという間に母親の両手が真っ赤に染まり、傍にあるトイレットペーパーを大量に千切り取って手やテーブルを拭いていた。

この時の母親の顔はとても怖かった。まばたきを一度もしていなかった。

まるで、すぐそこにいるのが、母親ではないような気がした。

藤城さんはそっと、その場を離れたのだ。


今だからわかる。

あの母親の表情は憎悪だ。怒りだ。

自分の見たあれは、呪詛《じゅそ》の類なのではないのか。

あの人形のように、首も手もない姿で枕元に立ち、母親に許しを乞う父親。

あれははたして、夢だったのか。

「せめて、生きているのか、死んでいるのか、それだけでも知りたいんです」

いつか、覚悟が決まったら、興信所に父親のことを調べてもらおうと考えているそうだ。

虫爺

最近の私の取材の仕方は、怪談蒐集には甚《はなは》だ不向きである。

なぜなら、霊の話のみに絞った話を聴くことができないからだ。

非常に曖昧なニュアンスで広義に解釈できる訊き方をするものだから、そこで語られる話は、真っ向からの霊的な怪談もあれば、都市伝説や眉唾物の世間話、ストーカー被害、その他の事件・事故、個人に対する愚痴、報道されている有名な事件に対するご本人の見解といったものまで、非常にバラエティに富んでいる。

怪談書きがそれでは効率が悪いといわれそうだが、敢えて「怪談だけ」と括《くく》らぬ方が、思わぬ角度から新しい怪談と出合えるものなのである。

「幽霊じゃなくて、虫の話なんですけど、いいですか？」

「ええ、もちろんです、むしろ虫の話は大好物ですよ」

「よかった。怪談じゃなくて、虫に困ってるって話なんですよ」

堂島さんは御両親がなく、実家に父方の祖父と二人で暮らしていた。

その家は、大きな問題を抱えていたという。

「虫が多いなんてもんじゃないんです。苦手な人には地獄みたいな家なんですよ」

大好物とか強がりをいったが実は大の虫嫌いである私には、耐え難い状況の家であった。

ハエやゴキブリは当たり前。台所にハエ捕りリボンを下げていると、磁石に集まる砂鉄のようにコバエで真っ黒になり、その程度の粘着や殺虫力では捉えられないほど元気で大粒な銀蠅が体当たりしてリボンを揺らしている。

料理にゴマの類は使えない。そういう習性があるのか、食べ物の中に羽虫が飛び込んで翅《はね》を広げて死んでいることがあり、ゴマを入れると見分けがつかなくなる。だからゴマは買わないという。祖父は虫が一、二匹入っても無駄にはならん、むしろ栄養になるとそのままいく。

粉物《こなもの》も極力買わない。どんな厳重に密封して保存をしても、気がついたら粉よりも微細な虫が発生しており、卵やら糞やらの交じった粉を使うハメになる。

台所では当然のようにゴキブリが、風呂場にはワラジムシやカマドウマが、便所には大蚊《ガガンボ》と名前の知らないクローバーの欠けたような翅を持つ虫が、ぞっとするほどの量で巣食っている。田舎の山奥で暮らしても、こんなに虫には好かれないだろうという。寝室はとくに多かった。祖父が果物を買ってきて、食べずにその辺に転がしておくからだ。当然、そんなご馳走があれば、虫がごっそり集まってくる。

畳の上に乾《ひから》びた糸のようなものが落ちていることがあり、気になったので一枚畳を剥がしたら、白い糸状の、かいわれの根に似たよくわからないものが裏側にびっしりとくっついて蠢《うごめ》いていたそうだ。

虫の発生源は、おそらく祖父であるという。

祖父は風呂嫌いで、夏でも気が向いたときに月に一度入るかどうかという頻度なので、万年床のある寝室は尋常じゃない臭いで、とても客など招けない。

それにしても、いくら不潔にしたからといって、たった一人の人間の体臭なんぞで畳の裏に謎の生き物が繁殖するだろうか。

「実は祖父が拾ってきてしまうんです。虫を」

ペットとして虫を愛でるわけではない。拾ってくる目的は薬なのである。

「あの虫は水虫に効く」とか「あの虫は腫れ物に効能がある」とか、虫を薬とする民間療法の知識を祖父はやたらと持っていた。だから、虫の卵や蛹《さなぎ》を見つけると大喜びで持って帰ってくる。

いい収穫があると祖父は大変ご機嫌になり、掠《かす》れた厭な声で嗤《わら》う。

家を建てた土地も偶然なのか狙ってなのか、何年かに一度、蛾や蜘蛛などが大量発生するような場所であり、そんな日は祖父にとって盆と正月がいっぺんにきたようなものである。


十年前、そんな祖父が亡くなった。

正直、やっと清潔な環境の家に住めると堂島さんは安堵したそうだ。

それにはまず大掃除。祖父の垢をたっぷり吸った万年床の処分からだ。

しかし、これがまた、とんでもないことになっていた。

布団はなめし皮のように黒光りし、蓄積した垢《あか》で数倍に重たくなっていた。

掛け布団の四隅と畳のあいだの僅かな隙間に、親指ほどの黒い光沢を持つものが等間隔に並んでいた。

おそらく、蛾の蛹であるという。

祖父が山で探し、拾い集めてきたものに違いなかった。死んでいるようなものだとおもっていたら、急にうねうねと身を捩《ねじ》り出して驚いたことがあった。

その他にも、寝室には何かの虫の蛹らしきものが、少なくとも十五、六種類。羽化した後の殻の蛹もあった。まったく動かない、奇妙な塊があちこちにあるのは気味が悪い。

これが全部、一斉に羽化したら、家の中はとんでもないことになる。

ぞっとした堂島さんは、壁や押し入れの中、カーテンなどについている蛹をすべて剥がし取り、処分した。

踏み抜ける寸前であった腐り畳もすべて張り替え、虫の温床になりそうな古いものはどんどん処分していった。

家から完全に虫を駆除したといえるまで、半年以上かかったという。

祖父の一周忌から三日後のことだった。

仏壇の中から、白装束の祖父が出てきた。

そんな夢を見て、まだ暗い明け方に目が覚めた。

なにか意味のある夢なのだろうかと、ふと仏壇のほうを見ると、一匹の蛾がひらひらと飛んでいる。

久しぶりに屋内で見る虫だ。

迷い蛾でも入ってきたのだろうか。

それとも、祖父が心配で見に来たのか。

と、今度は白い蛾が二匹、じゃれ合うように仏壇から飛んでいくのが見えた。

厭な予感がした。

仏壇の中を確認した堂島さんは、「なんで」と声を漏らし、膝から崩れ落ちた。

夜の自販機に群がるように蛾や蜉蝣《かげろう》のような虫が、仏壇が鳥肌を立てているように汚していた。

今朝、供えたばかりの花が黒く変色し、枯れて項垂《うなだ》れている。

さっきまで明るい黄色だった供え物のバナナも、黒くなって痩せていた。

花とバナナにはショウジョウバエが群がって、あの猥雑な羽音をさせている。

その羽音が祖父の掠れた嗤い声を思い出させ、ひどく欝々《うつうつ》とした気にさせた。

お婆ちゃん、からだ、やわらかくない？

三十年以上昔の話。

当時、中学生の郡山《こおりやま》さんが部活を終えて帰宅すると、家の中に人の気配がなかった。

いつもなら玄関を開けると夕餉《ゆうげ》の準備のにおいが出迎える。この日はそれもなく、家の中は暗く、シンと静まり返っていた。

そろそろ父親も仕事から帰っている頃だし、兄と妹がテレビを奪い合っている時間だ。しかしこの静けさは明らかに、家の中に誰もいないことを示している。

庭へ回り込んでもみたが、何年も前に死んだ犬の小屋がポツンとあるだけで誰もいない。居間の窓のカーテンは僅かな光の漏れも許さぬように閉じられている。

こんな家を見るのは初めてだった。自分になにも言わず家族全員で外出したともおもえない。もしそういうことがあるとしたら、なにか緊急の事態が起きたのだ。

だんだんと不安になってきた郡山さんは玄関に戻り、いつもより大きな声で「ただいま」と中に呼びかけ、靴を放りだして家の中へ入っていった。

なぜか、和室や居間の襖《ふすま》を開けるのはとても怖く、そのまま通り過ぎた。まっすぐ台所に向かったが、やはりここも暗く、油汚れで曇った窓硝子《ガラス》越しに群青色の空や隣の家に生える枇杷《びわ》の木の影が見える。

カチンと電灯の紐を引くと、久しぶりに使われたかのように電球が何度も明滅してから白い光で台所を照らす。

テーブルに書き置きでもあればと見たが、それらしいものもない。かわりに見覚えのない装飾のある盆や、ずいぶんと汚れた食器、海苔でも入っていそうな赤と金の柄のある四角い缶などが置かれてある。別になにがおかしいというわけでもないのだけれど、その海苔が入っていそうな缶が妙に気になり、開けてみようという気になって手に取ってみたが、どこにも指を引っ掛けられず、開けることができない。しまいには、どっちが上か下かもわからなくなり、そんなことをしながら、（俺は間違って他人の家に入ったんじゃないか）と不安になっていった。

いったん外へ出て考えようと廊下に出た。

居間の襖が開いている。さっきは閉まっていたはずだ。

家族が戻ったのかと覗き込むと、電気のついていない薄暗い居間に半纏《はんてん》姿の祖母がいる。

マット運動でやるような前転をしながら、ごろんと部屋の中を転がっている。ダンゴムシのように丸く身体《からだ》を屈め、戸棚や柱にぶつかりながら、ごろん、ごろんと。普段から腰が痛い、膝が痛いといっている祖母からは考えられない身体の柔らかさだ。

「おばあちゃん、すごいじゃん」

すると、まったく別の部屋のほうから、

「もう死んじまったからね」と祖母の声がした。


窓から射し込む夕日に赤々と染められた部屋で、郡山さんは目覚める。

シャワーを浴びたように髪が寝汗でびしょびしょになっていた。

夕餉の香りがする。妹と兄がチャンネル権を巡って言い争う声がする。

あれは夢だったのだと安堵の息を漏らした。

台所から母親の呼ぶ声がする。祖母を起こしに行ってくれと頼んでいた。

部屋へ行くと祖母は布団の上でダンゴムシのように身体を丸め、冷たくなっていた。

核爆発ドーン

核爆発ドーン！

この物騒な文句は、小森さんが小学生の頃の口癖である。

どういった経緯があってそんな言葉をおぼえ、頻繁に使うようになったのか、記憶にないそうだが、これのおかげで女子たちには嫌われまくっていたという。

これを使うタイミングは、友達がくだらないことをいった時や、自分が何かを誤魔化したい時などが最適《ベスト》であり、ごく一部の友人の間でも流行《はや》ったそうだ。

とにかくこの「核爆発ドーン！」は便利で、万能だった。

掃除をさぼった時、女子に文句をいわれても一言叫んで逃げてしまえばいいし、給食のプリンがもっとほしければ、隣の奴からドーンと奪えばいい。遊び場に邪魔な先客がいたなら、ドーンと蹴っ飛ばして追い払えばいいのである。

理屈はめちゃくちゃだが、小学生のルールなんてやったもん勝ちなところもある。核爆発、だから最強、イコールなんでもあり、ということで通じてしまっていたのだ。

それも長くは続かない。さっそく学級会で問題となり、女子たちの集中攻撃と担任の注意を受けたことで、使うことができなくなってしまった。


時は流れ、小森さんは大学生になった。

小学生の頃の勝手気ままな性格は変わらず、ちゃらちゃらとした遊び人になっていた。

ある晩、大学のサークル仲間と美大生の女子たちでカラオケコンパをした。

お持ち帰りに失敗し、安酒でべろべろになって帰宅した彼は、着替える気力もシャワーを浴びる元気もなく、ベッドに倒れ込むと、あっという間に眠ってしまった。

頭痛と喉の渇きで目が覚めると、もう空が白んでいた。

どうせ二日酔いで動けないのだから、今日は一日ベッドの上で過ごそう。そんな幸せな計画を立て、寝返りを打った。

窓際に男が立っていた。

「はあ？」

素っ頓狂な自分の声が部屋に響く。

寒さに肩を竦《すく》めるようにした男が、小森さんを感情のない目で見つめている。

鼻の尖った細面《ほそおもて》。上は寅さんのような鯉口のシャツを着て、腰から下はぶっつり切れて向こうが見えている。

まったくもって、幽霊だ。

逃げ出してもいいが、ここは我が城。去るべきは相手である。

どうしようもなく呆然と見ていると、男は（足がないのに）無重力に足をとられたように浮き上がり、小森さんの真上の天井に頭から突き刺さると中途半端なところまで埋まった。

中途半端に天井から出ている男の上半身はピクリとも動かない。

いつベッドの上に落ちてくるか気が気じゃない小森さんは、ここは念仏でも唱えてお帰り頂こうと考えたが、どういうわけか頭の中が真っ白で「南無阿弥陀仏《なむあみだぶつ》」も「南妙法蓮華経《なんみょうほうれんげきょう》」も出てこない。

その時である。

あの便利な言葉が頭の中に火花の如く咲き、無意識に口から放たれていた。

「核爆発ドーン！」

すると、幽霊の男は天井の中に吸い込まれ、完全に消えさった。

最強ワードの復活である。

豚女

「相手のこともあるんで詳しいことはいえませんが」

内容の一部を変えるという条件でお話しいただいた。

五年前、清川さんは二つ年上の夏美という女性と交際していた。

落ち着いた雰囲気を持つ正統派美人で、スタイルも抜群で芸能事務所にスカウトされたこともある。ファッションセンスも良いが、なにを着ても似合ってしまう。性格はおっとり、ころころとよく笑う明るいタイプ。特技は料理と掃除。得意料理は肉じゃが。読書家で学もあり、会話しているだけで相手を愉しませる豊富な知識を持っている。

「どうして自分なんかと交際してくれたのか、ほんと不思議でした。誰もが認める完璧な女でしたから。けど――」

そんな夏美にも欠点といえるものがあった。

鼾《いびき》である。

「いいじゃないっておもうでしょ？　これがほんとの豚みたいなんです。ブーブーって可愛いほうじゃなくて、リアルのブタのほうで」

しかし、初めからそうだったわけではなく、付き合った当初は可愛らしい寝息をたてていたのだという。それが、なにが切っ掛けになったのか、ある晩に突然、酔っ払い親父でもしないような鼾をかきだしたのである。

鼻で放屁をしているように音が汚らしく、聞くに堪えないものだった。これには万年の恋も冷めるというもので、清川さんはある朝、彼女にそれとなく注意をしたのだという。

「傷つけないように言葉を慎重に選んだつもりだったんですけど」

それまで、一度も笑顔を絶やしたことがなかった夏美の表情が急変した。

目で射殺《いころ》さんばかりに清川さんを睨《にら》みつけ、壁を蹴り、部屋中に痰《たん》を吐きかけはじめた。テレビ、ゲーム機、トイレのドア、本棚と次々に痰を吐きかけ、ＤＶＤを踏み割り、マグカップを玄関に投げつけ、冷蔵庫の中身を全部掻き出した。

清川さんは変貌してしまった夏美を止めることもできず、その奇行を呆然と見つめるだけだった。

それからは数日、呼びかけても獣のように唸《うな》るだけで、相変わらず壁を蹴って、痰を吐き回った。日増しに奇行の種類も増え、鋏で絨毯を抉《こじ》ったり、すべての本のカバーを剥がしたりと、不可解な行動ばかりを繰り返していた。

食べ物は清川さんの見ている前だと近づきもしなかったが、彼が仕事に出ているあいだに食べているらしく、汚れた食器が部屋の隅でひっくり返っていた。

部屋には畜舎のような臭いが充満しだし、いよいよ怖くなった清川さんは夏美の両親と連絡を取った。

後日、両親が清川さんのマンションを訪れ、夏美を連れ帰った。夏美は両親の前ではおとなしく、玄関を出ていくときは物寂しげな目を清川さんに向けていたという。

それから数週間が経っても連絡がないので、夏美の様子を訊こうと彼女の実家へ電話をかけた。疲れた声の母親が出ると、夏美の近況を話してくれた。

「あの子、毎日ちゃんとお寺に通って、悪いものを落としてるんですよ」

お寺？　悪いもの？　落とす？　なんの話だろうとおもった。

「だって、てっきり病院に連れていったんだとおもってましたから」

母親の話では、夏美がおかしくなったのは、彼女が小学生の頃だという。

隣の家の老人がとんでもない危険人物で、たびたび幼い夏美を家に呼びつけては、飼っている豚を殺すところを何度も見せたそうだ。

それから夏美が豚のように鼻を鳴らしたり、奇声をあげて暴れだしたりすることがあったので、あの老人の所為《せい》だとなり、父親が厳しく苦情をいって娘に近づかないよう約束をさせた。しかし、それでも老人の誘いは止まらなかった。

「この爺さん、なぜか町内では好々爺《こうこうや》として慕われていたみたいで、住人たちからの信用もあるので夏美の家族の訴えはまるで理解を得られなかったそうです。そういうことがあって、現在の家に引っ越してきたんだといってました」

それからは豚がテレビに映ったらチャンネルをかえたり、食事に豚肉を出さないようにしたりと気をつかっていたが、中学に入る頃には奇行もほとんどなくなり、成人後は本人が望むまま、一人暮らしも許していた。だから、こういうことになってしまってツライ、と夏美の母親は電話口でさめざめと泣いたという。

夏美も異常だが、娘が豚の霊に憑かれたようなことを放言する母親も異常だ。

彼女との交際も、これで終わったものと清川さんはおもっていた。

それから三ヵ月ほど経った日のこと。

仕事から帰ると、さっきまで獣がいたかのような臭いが部屋に残っていた。夏美が戻ってきたのかと警戒するほど、はっきりとした残り香であった。そんなはずはない。彼女は実家で療養しているはずだ。

しかし、夏美は日に日に、自分の存在をアピールしてきた。

「寝ていると、例の鼾が聞こえることもあったんです」

慌てて跳び起きて、どこかに彼女が隠れてやしないかと部屋中を探して回った。彼女はどこにもいなかった。

洗面所に吐瀉物のようなものが跳ねて乾いていることや、ドライヤーのブラシに長い髪が絡まっていたこともあった。自分の精神までどうにかなってしまったのかと疑わねばならぬほど、はっきりとした現象が続いた。何万もかけて鍵を付け替えたが、効果はなかった。

耐えかねて彼女の実家に電話し、本当に夏美はそこにいるのかと訊いた。

「大丈夫」「迷惑はかけないから」「あの子もかわいそうなのよ」

母親は煮え切らない言葉しか口にせず、苛立った清川さんは、なにがだいじょうぶなんですか、迷惑はかかってますよ、ほんとうに治療は続けてるんですか、と強く畳みかけた。

母親が電話口で唸るように泣きだし、ガサゴソと雑音がすると男の声に替わり、

「もういない！」

そう怒鳴られ、電話を切られたという。

「この家族、絶対おかしいっておもったんで、もう連絡はしませんでした。向こうからも何もありませんし」

すぐに引っ越しもしたので異臭や鼾からも解放されたというが、いつか夏美が来るかとおもうと、怖くて豚肉も食べられなくなったそうだ。

厠犬

これは、遠い昔の話。

ある家の四人姉妹、その末っ子に起きた出来事である。

末っ子の名はハナとしておく。


ある晩、ブルリと小便がしたくなって目の覚めたハナは、虫払いの松明《たいまつ》を持って、離れにある厠《かわや》へと足早に向かった。

これがいい夜で、空にはカンカンと明るい月が出ている。

厠の内扉に火を掛け、用を足しましょうと屈みこむ。

とそ、とそ、とそ。

とそ、とそ、とそ。

小便の垂れる音よりも先に、こぼそい足音が聞こえてきた。音が厠に近づいてくるのがよくわかった。

人の足音なら、もっと大きくて雑だ。がちゃがちゃ鳴るものだ。どすどすと響くものだ。こんなふうに爪先で、ちんこま、ちんこまと歩くような寂しい音はしないので、これは野犬だろうとハナは震えた。

（やだよー、どうしようか、やだよー、やだよー）

しゃんしゃんと小便をしながら、外の様子を窺う。

足音は一つっきりではない。いくつもあった。いくつもある足音が、厠の周りをぐるぐるとしはじめたのだ。

野犬は生きた子や老人も喰らうと聞く。ハナはこわくて堪《たま》らなくなり、ばたばたと震えた。

厠を囲んでいるものらは、松明の火で追い払えるだろうか。

とそ、とそ、とそ。

さっきよりも足音の数が増えたような気がする。

よく耳をすませば、足音に混じって、きすきすと笑う声もする。

どうも、長女の声に似ている。さては、姉妹たちがハナを驚かそうと外で待っているな。

犬になろうと爪先で歩いて、なんて芸の細かいことだ。本当に大した悪戯もんだな、と呆

れていたら、
とそ、とそ、とそ。

とそとそ、とそとそとそ。

とそ、とそ、とそとそとそ――。

足音は増えていく。

妙だな。七、八人もいるじゃないか。これでは、姉妹たちではない。それなら、野犬どもが厠の周りにいるということだ。笑い声に聞こえたものは、風でも聞き違えたのだ。

きゅううぅぅぅ、と息を殺していたが、もう我慢もむつかしい。

朝まで待てばいいのに、せっかちなハナは松明を掴むと、わっ、と扉を開けた。

ちかよんな、ちかよんな。ぼふぼふと火を振りまわしたが、怪しいことに野犬は一匹もいなかった。

朝になって、こんなことがあったと姉妹に話せば、野犬の群れが松明一本に怯えて逃げるわけがない、風の音でも聞き間違えたんだろうと笑われた。

ハナは笑われながら、そういうことじゃないとチンチンに怒った。

あの晩は野犬が来たのではない。野犬ではない、他の何かが来たのだ。

この何かは、ハナを騙そうと、長女の笑い声まで真似たのだ。
そんなハナの言葉など、姉妹はひらひらと身を返して耳にもしない。
きっと、おそろしいことが起こるぞと、ハナは泣くのだった。

その晩、厠にいくといって出ていった長女が、なかなか帰ってこなかった。
父親が見にいってみると、厠の前にはボロ雑巾のような長女が転がっていた。
ごろっと腹や尻を食い奪われ、長女の中身は枯れ葉のように散らばっていた。
あの晩の笑い声は、これの兆しだったのかとハナは泣いた。
それからハナは気がおかしくなってしまい、若いうちに死んでしまった。
夜に犬が人を真似て笑うのは、大いに不吉ということである。

※所々に独特な音の表現があるが、話し手の語りの妙を生かしたものである。

蝙蝠

その日は強力な台風が近づいていたこともあって、家中が慌ただしかった。

当時、高校生だったゆかりさんは休校の連絡に喜んだのも束の間、このままじゃ家が飛ばされるよと母親に脅されたという。

「古い家なんで、あちこちにガタがきてたんです。どこもかしこも補強しなきゃいけなかったみたいで。普段からミシミシ鳴ってるから、うちって台風に耐えられるのかなって、すごく不安でした」

とにかく家中の雨戸を閉めようと命が下った。

ゆかりさんが自分の部屋の雨戸を閉めるために窓を開けると、強い風が吹き込むとともに、部屋の中に黒い物が飛び込んできた。母親が悲鳴を上げたので、ゆかりさんも釣られて悲鳴を上げると、なにごとかと弟が部屋に駆け込んできた。

床の上で二匹の蝙蝠《こうもり》がもがいていた。

「うお、すっげぇぇ」

弟は顔を寄せて、興奮の声をあげている。

実物を見たのは初めてだったが、もう少し可愛いものだとおもっていた。どす黒い大きな蛾が死にゆきながら必死にもがいているようで、ざわざわと腕に鳥肌が立った。

「はやく外に逃がしてあげて！」

弟が「しょうがねーな」という顔で羽を摘まんで外に放りだすと、二匹は風に煽《あお》られながらも8の字を描いて飛び去っていった。


台風は深夜に上陸した。

強烈な雨と風が雨戸を激しく打ちつけ、その音でゆかりさんは目が覚めてしまった。

電気の紐を引っ張るが明かりが点かない。停電しているようだった。

「ちょっと、勘弁してよ」

巨人に家を揺さぶられているように屋鳴りが激しい。大丈夫かな、と霞んだ目を擦っていると、ゆかりさんは暗い部屋の中でなにかの動きを捉えた。

床の上を、なにかがもぞもぞと蠢《うごめ》いている。

その動きは日中に見た蝙蝠とそっくりだった。

自分でもびっくりするぐらい、大きな悲鳴を上げていた。

なんでよ、なんでいるのよ。うちのどこかに巣でもあるの？

この状況に納得できる理由が欲しかった。

そうか。さっき、部屋に飛び込んできたのは二匹じゃなくて、三匹だったんだ。今まで、どこかに隠れてたんだ。きっとそうよ。

自分を無理やり納得させる。あとは、この後どうするか。

刺激したら、大暴れするかもしれない。真っ暗な部屋の中で飛び回られでもしたら、こっちがパニックになる。そっと部屋を出て、弟を引っ張ってきて外へ出してもらおう。

音をたてぬよう、そっと立ち上がる。もぞもぞと動く黒い物と距離をとりながらドアのあるほうへと手を伸ばした。

その手を、冷たいものがさわってきた。

「やだ！」

反射的に手を引っ込める。

触ってきたものは、冷たい人の手だった。

この部屋に何かがいる。もし手を引いていなければ、あの冷たい手に掴まれていた。

カクン、と腰が支える力を失い、その場に座り込んだ。腰が抜けたのだ。

這ってでも部屋から出なければ。でも、扉の方には冷たい手がある。

どうにもできずに固まっていると。

う、うううぅぅぅ、う、う、うううぅぅぅ
今度は後ろから、絞り出すような低い唸り声が聞こえだす。

たすけて、たすけて、たすけて。一心に、その言葉だけを繰り返す。

あれからおかしくなったんだ。あの蝙蝠が家に何かを呼び込んだんだ。

床の上で暴れているものに目を遣る。

違う。蝙蝠などではなかった。

袈裟《けさ》から切り取った袖のような三角形の布に、蒲鉾《かまぼこ》の白身のような生白《なまじろ》い腕が生え、それがばたばたとのたうち回っている。

鶏《にわとり》を絞殺《しめころ》すような奇声が聞こえた。自分の声だった。ゆかりさんを戦慄せしめたのは、のたうち廻る腕ではない。その奥の布団に横たわっているものだった。

ゆかりさんは自分の悲鳴を耳にしながら、意識を失った。

目覚めると家族の心配そうな顔が自分を覗き込んでいた。

部屋にいた恐ろしいものはすべて、いなくなっていたという。

なにを見たんですか。

私が問うと、ゆかりさんは一瞬だけ躊躇し、「私です」と答えた。

ゆかりさんが見たものは、布団に仰向けで横たわり、ニタニタ笑っている自分の姿だった。

半裸族

忘れもしない二十四回目の誕生日の夜だという。

会社の同僚からたっぷり祝ってもらった瑞音《みずね》さんは、プレゼント両手にほくほくでアパートに帰ってきた。

鼻歌をうたいながら共有廊下を歩いていると、ツンと何かが臭う。

同じ臭いを繁華街の路地や公園で嗅いだことがある。

やだ、怖いよ。

数日前、こうした異臭の発生源となっていた仙人のような爺さんに大声で怒鳴られたのをおもいだす。いっていることは宇宙の電波をキャッチしているのか意味不明だったが、呪いをかけられてしまったようで気味が悪かった。

この酸っぱい臭いは、彼らの残り香に違いない。

やだよ、こんなところまで来ないでよね。

恐々《こわごわ》と周りを警戒しながら自宅の玄関ドアを開けた、その瞬間だった。

室内から外へ、突風が吹き出した。

風に押し出された端音さんは廊下にプレゼントをばらまいて尻餅をついた。そんな彼女の鼻先を、汗と垢と小便の渓谷を渡ってきたような猛烈な異臭風《いしゅうふう》が撫でていく。

その時に見た光景は生涯、記憶に焼き付いて消えないだろうという。

端音さんはこの時、自分のことを跨《また》いでいく複数の人の下半身を見上げていた。

下腹部より上のないそれらは、巾着のような局部を惜しげもなく揺らしながら彼女を飛び越えて廊下へと逃げ出していった。十体、二十体どころではない。百体以上の巾着が端音さんの頭上を越えていったのだという。

「私が何かしたんでしょうか」

沈痛な声を漏らす端音さんの前で、カップの中の紅茶が冷めていく。

はさまる

劇団員の鬼川さんは昔から〝視えすぎる〟体質であった。

私の周りにも〝視える〟〝感じる〟という、いわゆる霊感体質の方は結構いるのだが、彼女のような日常的に関わってしまうほどの方になると、その数は一気に減る。

経験上、視える方に質問を重ねていくことは、あまりおすすめできない。

よい顔はされないからだ。

このような方たちは、ただでさえ懐疑の目を向けられやすい。通常では視ることも感じることもできない存在を、特殊な感覚で捉えることができるといっても、それを証明することは難しい。だから、嘘つき、詐欺師などの心ない言葉を投げつけられることも多く、たいへん過敏になっている方もいる。もし、不躾《ぶしつけ》な質問をしようものなら、完全に口を閉ざしてしまうだろう。

しかし、鬼川さんは正反対で、どんどん質問してくださいという珍しい方であった。

日常的に視るってことは、普通の人を見る感覚と同じなんですか？

「普通の人とは明らかに違いますね。視る側のコンディションのようなものがあって」

コンディション？

「体調とか機嫌とか、そういうものですね。よくはわからないんだけど、今日は雲がないから富士山がよく見えるとか、今日は雲って視えが悪いとか、状況によって視える度合いというのが変わることもあるんです。普通の人間なら体調や機嫌に関係なく、誰でも見ることはできるでしょ？　でも死んでいる人は、そうじゃないんです」

怖くはない？

「怖いっていうか、驚くことはありますよ。普通の人と違って、急にそこにいたりするわけですから」

例えば、どんな感じなんですか。

「笑っちゃうのが——あ、笑い話でもいいですか？」

どうぞ、なんでも聞きたいですよ。

「冷蔵庫、開けるじゃないですか、そこにいたりするんですよ」

心臓に悪いなあ、その現れ方。

「私も驚きますけど、でもそれだけですよ。驚かされるだけなんです。で、話を戻しますけど、冷蔵庫を開けるじゃないですか、いるじゃないですか、ドアをパターンって閉めるでしょ、そうしたら、どうなったとおもいます?」

えーと、凍ったとかですか?

「挟まったんですよ」

挟まっ……あー、そういうことか。ドアにパタンて。え? あいつらスカスカじゃないんだ。

「ちゃんと挟まっていましたよ。冷蔵庫に喰われているみたいに。爆笑」

普通の人なら冷蔵庫に近寄れなくなる事案だと思いますが……。

「あー、でも霊って触れないイメージがあるみたいですけど、そうでもなくって……ほら、冷たい手に掴まれたとか、そういう話ってあるじゃないですか。ほんとかどうか知りませんけど。でも、あながち嘘でもなくって、冷たいとか、もぞもぞするとか、そういう感覚で私たちも感じることができるんですよ、霊を」

霊のいそうな部屋で肩が重くなったりするのも、そういうことですか?

「それなんですけど、肩が重くなったことがないんで、ほんとにそうなるのかなって疑問なんですよね。弱い人がなるのかな。それか肩がこってるだけでは」

肩こりに一票。グラビアアイドルが心霊スポットで急に泣いたりしますよね。あれは、どうおもいます？

「そんなのあるんですね。単純に死んだ人のことを可哀そうにおもうから泣くんじゃないんですか？　それか、怖くて泣いているとか」

いや、霊能者はアイドルに霊が憑いているっていいますよ。

「そうなんだ。じゃあそうなのかも。私はわかんないです」

あまり、心霊特番みたいな番組は観ないんですか？

「わざわざ作った映像を見なくても、ほんもの視てますからね」

はは、身も蓋もないっすね。じゃあ心霊写真ってどうですか？

「ん、どうというと」

写真に写るとか、あるとおもいますか？　霊が。

「あー、まあ、あるとおもいますよ。珍しいことだとは思いますけど」

なるほど。じゃあ最後に、あのー、ここって、いますか？

「ここ？　カラオケボックス？」

はい。この部屋の中とか。

「今はいませんけど、さっきからドアの外から、ちょくちょく子供が覗き込んでますね」

ええぇ、お姉ちゃんたち、なにしているのかなって興味を持たれている感じですか？

「いや、私がちょくちょく目が合ってるからでしょうね。あっ」

なんですか？　やめてくださいよ。

「入ってきちゃった」（——と、視線は私の座っているシートの横のスペースへ）

こういう場合、へたに怖がったりしないほうがいいんですよね。

「別に怖がってもいいとおもいますけど」

いやいや、むしろ、いつもお世話になってますから感謝してるぐらいなんですよ。ありがとう、いつもありがとう。今後ともヨロシク。はい、握手握手。

「その子、首しかないですよ」

うおおおおお

ばかT

最近はデザインの凝ったTシャツをよく見かける。

原宿を五分も歩けば、瀬戸内寂聴の顔や猿の交尾の画像をプリントしたものや、胸のど真ん中に『ムネオハウス』『バイアグラ』と書かれた、いわゆるバカTと出会うことができる。

私の周りにもバカT愛好者はたいへん多く、そんなものどこで売ってるんだというものを着ている。知り合いの担当編集は「ホームレスが焼き鳥を齧《かじ》っている姿」をプリントしたシャツを着こなしていた。私もきらいじゃないので、電車の中で女子高生にひそひそ囁かれるくらいのものは数着所持している。

わかったのだが、この手のネタシャツを面白がって着るのは男だけであって、多くの女子はそんな男を白い目で見るか、完全に無視している。

西名《にしな》さんもこういうセンスはまったく理解できないそうである。

「弟が『打ち首』って書かれたシャツを着て、どうだ、面白いだろうって顔していた時も、一日中無視してやりましたよ」

そんな彼女が二年前に、自宅の押し入れから一枚の写真を見つけた。

カラーではあるが、かなり古い写真で、母親の実家を撮影したものだった。

写真の端には、数年前に亡くなった祖父が縁側で煙草を吸っている姿がある。

いつも、息子や孫からの「逆おさがり」を野良着にしていた印象があったが、写真の中の祖父は、見知らぬおばさんの顔写真がプリントされた七分袖のシャツを着ていた。

「ちょっとー、誰よ、おじいちゃんにこんな趣味の悪いシャツあげたの」

祖母に写真を見せると、「あれ、この人」と目を近づける。

「シャツの人？　有名人なの？」

(歌手か女優かな、そんな感じには見えないけど)

祖母に目を戻すと、彼女は眉間《みけん》に皺を刻んでいる。

「あの人の愛人よ」

「えっ」

あの祖父に、そんな人がいたなんて。

でもどうして、わざわざこんなシャツを作って、家族の目の前でラブラブっぷりをアピールしているのだろう。

「こんなのナシでしょ。おばあちゃん、怒らなかったの？　こんな服、鋏で細切《こまぎ》りでしょ」

「これね、違うの。服じゃないのよ」

そういうと、侮蔑の視線を写真に落とす。

「たまに写り込んじゃうのよ」

祖母の話では、昔のアルバムを整理していると、たまにこの女の顔が写りこんだ写真を見つけることがあるという。

夫婦で撮られた写真にも図々しく写り込んでいることがあり、まるで自分の方が愛していたんだとアピールしているみたいで鬱陶《うっとう》しいが、しばらくすると元に戻っているので放っておいているそうだ。

「哀れよね。今もこうして写るってことは、あの人と会えていない証拠でしょ。未練たらたらってことじゃない。私はたまに、あの人とは夢で会っているもの」

祖母の勝ち誇ったような笑みを見て、ほんの少し、ゾッとしたそうだ。

体験者

「今までで心底ゾッしたっていったら、あの時だけですね」

十数年前、夜中に目が覚めると向笠《むかさ》さんの足元に見知らぬ男が立っていた。

髪も髭も伸び放題のぼさぼさで、若いのか年寄りなのかもわからない。

男は苦しそうに詰まらせた声で向笠さんにこう伝えてきた。

「つらくなるぞ」

五分か十分、男は同じ言葉だけを繰り返し告げると消えてしまった。

男の立っていた闇の中に視線を突き刺したまま、向笠さんは自分が初めて霊体験をしたのだという実感に浸った。驚きはしたが、不思議と恐怖心はそれほどなかった。

気持ちも落ち着いてくると、携帯電話のメールで今あったことをカノジョに伝えた。

しばらく経ってカノジョから着信があり、心配そうな声でこう訊かれたという。

「それ、警告なんじゃない？」

カノジョがいうには、その見知らぬ男は向笠さんの遠い親戚か何かで、この先、彼に何かつらい出来事が起きるぞと教えているのではないかという。

なるほど、確かにこういう話ではよくありそうな展開だが、もしそうなのだとしたら、こんな漠然とした伝え方などではなく、もっとわかるように教えてほしかった。

「でもまあ、死ぬっていわれたわけじゃないしなあ」

「そんな呑気なことでいいの？　つらくなるっていわれたほうが、じわじわと長く厭なことが起きそうじゃない？」

「つーか、知らねぇおっさんなんだよな」

「だから、それが余計怖いんじゃない。それ、怖いよ。しっかりしたほうがいいよ」

運気というものが実在するものなら、この日からの向笠さんは間違いなく、それが急激に下がってしまった。

勤めていた会社を解雇されたことから始まり、家の中で転倒したことで腰を痛め、その怪我が響いて次の職にもなかなかつけず、長い休職期間中に鬱《うつ》になってしまった。

初めは心配して声をかけてくれた友人たちも、拒絶していくうちに一人、また一人と向笠さんから離れていき、忠言をくれたカノジョからも別れを告げられてしまった。

何をするのも考えるのも無駄だと考えるようになり、だから何もせず、考えることもしなくなる。食も糸のように細くなり、顎《あご》が痩せてしまったからか急に歯が抜けたり、割れたりするようになった。排泄物は見たこともない暗い色になった。

洗面所で自分の姿を見た時、そこで繋がったのだという。

鏡の中には、いつかの夜に寝室で見た、あの男がいた。

心底、ゾッとさせられたそうだ。

それから、向笠さんは家族の力添えもあって、なんとかその状況から脱出した。

今は、また自分が現れないことを祈って生活しているという。

なめこ汁

「唯一のおふくろの味だったんです」

那菜《なな》さんにとって、母の作る「なめこ汁」は格別だった。

まるでお決まりごとのように食卓に出てくる豆腐と油揚げの味噌汁を、那菜さんは見るのもイヤなくらい嫌いになりかけていた。そんな頃に母が、これを朝食で出したのである。

いつもと違って汁がぬるぬるしているので、なんだろう、なんだろうと警戒しながらすってみた。すると、スポンと何かが勢いよく口に飛び込んできた。

なめこだよ、と母が教えてくれた。

「なにこれっ、おいしい！」

絶品だった。食感も面白いし、これならもっと食べたい。

味噌汁の革命が起きたのである。

その日から、那菜さんはなめこ汁が大の好物になった。

父も姉も、母のなめこ汁を「おいしいおいしい」と褒めながら食べていた。那菜さんは褒める時間も惜しんで温かい汁をすすり、なめこを口の中で転がした。

あまったら傷むからと、あまり量を作ってくれなかったので、家族で争奪戦が繰り広げられることもあった。那菜さんは誰よりも早くお椀の中身を空っぽにし、おかわりをした。

「私が余所見《よそみ》をしているあいだ、味噌汁の椀が空っぽになっていることが何度かあったんです。父の仕業だって気づいていました。お前が飲んじゃったんだろってとぼけた顔して。そういう時の父は目を合わさずに知らんぷりしてるんで、すぐわかるんです。子供の食べ物を横から取るなんて大人げないなって、そのときは父が大嫌いになりましたね」

小学二年生の頃に母が死んだ。病気だった。

唐突な別れは家族に大きな悲しみと深い絶望を突きつけた。姉は泣きじゃくり、父は無言だった。家には一人分の空白が生まれた。

それからは父や姉が交代で台所に立ち、なめこ汁も作ってくれた。

しかし、それはまったくの別物であった。

「すごく薄味だったんです。母の味噌汁とは比べ物にならないっておもって。これは覚えていないんですが、私は姉の作った味噌汁の前で、もう飲みたくないって泣き出したんだそうです」

那菜さんにとって、あのなめこ汁を飲めなくなったことは、母を失ったことと同じくらい、辛く、哀しい現実だったのである。


小学五年生の頃である。

その日は記録的な大雨が降り、近くの川が氾濫《はんらん》して家の前の道路が大人の膝のあたりまで冠水した。

深夜だったが住人や消防の人たちが協力し合い、水が家屋に入ってこないよう道路に土嚢を積んで堤を築いていった。父も姉も手伝っていた。

「おまえは寝ていなさい」と父にいわれて部屋に一人とり残されていた那菜さんは、布団に入ってはいたが、すっかり目が冴えていた。外から聞こえてくる住人たちの頑張っている声や消防の人の拡声器の声を聞きながら、ぼんやりと暗い天井を見ていた。たまに窓から消防車の赤い光が入りこみ、天井や壁を染めるときがあった。

「那菜ちゃん」

誰かに呼ばれた。

隣に敷かれていた姉の布団で、母が寝ていた。

那菜さんへ顔を向けながら、母はまた「那菜ちゃん」と呼んできた。

もう会えないと諦めていた母が隣で寝ている。名前を呼んでくれている。

驚いた。夢かとおもった。嬉しくて、那菜さんは泣いた。

「怖さなんて、少しもありません。その頃の記憶ははっきりとしてます。死んでるってこともわかってたし、そこにいるのはおかしいってことも理解してました。でも、怖いなんて思いませんよ、大好きな母なんですから」

母の顔は、炭のついた手で擦ったように片方の目の周りが黒ずんでいる。

その目、どうしたのと訊いた。

「那菜ちゃん」と名前を呼ばれた。

どうやって来たの？　このままずっといれる？　そっちの布団に行っていい？

他にも、たくさん話しかけたが、母は「那菜ちゃん」としかいわなかった。

この晩は、ずっと「那菜ちゃん」と呼んでもらいながら眠っていったという。


那菜さんは中学生になった。

大学の受験勉強で忙しくなった姉に変わって、晩御飯の担当になる。

ある日、ふと、なめこ汁を作ってみようとおもった。

遠い日々に霞みつつある味の記憶に任せながら、なんとか作ってみた。特別な工夫をしたわけではなかったが、おいしいと家族には評判だった。でも、那菜さんはまだまだ何かが足りないと、自分の味に不満をおぼえていた。

その日の夕食の席で、那菜さんは家族に大雨の夜のことを話した。

二人には黙っていたけれど、実はあの晩、お母さんに会っていたんだよ、と。

「なにを、話したの」

真っ白の顔で姉が訪ねてきた。

「覚えてない。名前を呼んでもらったのは覚えてる。でも、もっとなにかを話してくれていたはずなんだけど」

「話すって、なにを」

「だから覚えてないの。私の味噌汁がおいしいのは、きっとその時にお母さんが私にレシピを教えてくれたんだよ。きっとそうだよ」

「やめてよ！」

箸《はし》をテーブルに叩きつけるように置いた姉は、下を向いてしまった。

父も先ほどまで見せていた笑みをどこかに吐き捨ててしまったかのようで、陶器めいた堅く冷たい表情から、ボソリ、ボソリと声を絞り漏らした。

「あの味噌汁に入っていたものが本当に、なめこだとおもっているのか」

「え」

「なめこだと、おもっているのか」

うおおおおおお。

姉の吠えるような慟哭が響きわたった。


「母が死んだ理由は、病気ではなかったんです」

自死だった、と父の口から聞かされたという。

いつからか、母の心は修復できないほどにまで壊れてしまったのだ。

姉はもっと事情を知っていそうだったが、この時は過呼吸になるほど泣くばかりで、改めて聞きたいとはおもわなかった。

なめこについてだが、これだけは本当に聞かない方がいいと父にいわれたので、いまだに知らないのだそうだ。

しねえええええええ

洋一《よういち》さんが夜中に目覚めると、目の前に怒りの形相の男の顔があった。

髪が長く、白い鉢巻か包帯を頭に巻いている。顔色は真っ白で、鼻が少しだけ横に歪んでいた。首から下があるのかは見えないのでわからない。

男は目をカッと見開き、歯を食いしばって洋一さんを憎々しげに睨《にら》んでいた。

耳元で「ぶんぶんぶん」という男の声が小さく聞こえだし、それが次第に大きくなっていく。家のどこかで誰かが暴れているような、どすん、どすん、という音がし、なにかが落ちて壊れたような音もする。

身体は金縛り状態ではなく、動くことはできそうだったが、指一本でも動かした瞬間、目の前の男の顔がもっと近づいてきそうで、それがおそろしくてまったく動けない。

やがて「ぶんぶんぶん」という声に、別の低い男の唸りが重なりだし、いよいよ耐えられなくなった洋一さんも「わあああああ」と声をあげた。

すると目の前の顔が一瞬で笑顔になり、

「しねえええええ」

と、部屋全体に響き渡るような怒鳴り声が聞こえた。

その声と同時に目の前の白い顔が真ん中から真っ二つに裂け、視界から消えた。

「ぶんぶんぶん」も、唸り声も、暴れる音も聞こえなくなった。

それから三十分ほどかけて、周りの気配をうかがいながら起き上がると部屋の電気をつけた。部屋にはなにかが暴れたような痕跡はなかったが、水槽に飼っていた熱帯魚が全滅していた。

洋一さんは失禁をしていたそうである。

血まみれのおまわりさん

元舞台俳優の金島《かねしま》さんが小学生の頃、「血まみれのおまわりさん」という都市伝説があった。

この言葉を聞いたら家に血だらけの警官がやってくるとか、この名を覚えていると何歳までに死ぬとか、夜中にこれを呼ぶと逮捕されるとか、語る人によって着地点が変わるという、ふわっとした怪談だった。

俗にいう「聞いたら呪われる」系の話であり、当時は似たような怪談が入れ代わり立ち代わりで小学生のあいだで流行し、そして、あっという間に消えていった。

「血まみれのおまわりさん」も一部の子供たちからとても怖れられていたが、やはり他の噂同様、一過性のものでしかなく、気がついたら誰も語らなくなっていた。

だからこの一件がなければ、きっと思い出すこともなかっただろうという。

四年前、とある映画のオーディションで「あなたがいちばん怖かったものを演じてみてください」といわれ、とっさにおもいついたのが「血まみれのおまわりさん」だった。

それまでずっと忘れていたのに、なぜかこの時は落雷のようにその言葉が降りてきた。

当時、語られていたのはその不吉な呼称と、ふわっとした噂だけ。なぜ血だらけなのか、どうしてお巡りさんなのかという設定の尾ヒレを後付けされる前に流行が終わってしまったのでストーリーもなにもない。

だからその場で『殉職した警官が夜な夜な自分を殺した犯罪者を探して町をさまよっている』という設定をこしらえ、それっぽく演じてみせた。

オーディション終了後、ネタのチョイスが正解だったかどうかは不安だが、とりあえずやり切った感があったので実家の母に電話を入れ、これこれこういうことをしたよと報告した。

すると「そんな不謹慎なことをしたらアカンで」と叱られた。

「血まみれのおまわりさん」は創作された話ではなく、実際の事件だというのである。

この怪談めいたタイトルが流行《はや》っていた当時、小学校の近くの民家で凄惨な殺人事件が起こっていた。現場にかけつけた警官が、なんらかの理由で被害者の血をかぶってしまい、全身血まみれの状態で現場から出てきたところを複数の人に目撃された、ということがあったらしい。

子供たちは事件のことを知らなかったが、大人たちが事件について囁き合う声は聞いていた。その声から漏れこぼれた「血まみれ」と「おまわりさん」という二つのワードだけを無意識に拾ってしまい、それが一つのホラーワードと化して一人歩きし、怪談化した。

金島さんはそう推考した。

しかし、ネットで調べても地元で殺人事件があったという証拠は見つけられなかった。殺人なら、なにかしらの記録が残っているはずである。

母親のいうような事件は本当に起きていたのか、実際は殺人まで発展しなかった事件が誇張されたのか、あるいはこの事件自体が「血まみれのおまわりさん」から生み出された創作なのか、それはもう確かめようがなかった。


オーディションから三日が経った晩。

自宅で深夜番組を見ながらうつらうつらとしていると、子供の歌う声が聞こえてきた。

右隣の部屋か、あるいはそのさらに右隣の部屋の子供がベランダに出て、気持ちよく歌っている、そういう聞こえ方だった。

夜中に子供の歌声が聞こえてくるのは、この時が初めてではない。以前にも五、六回はあった。それも変な話で、金島さんの住んでいたのはワンルームばかりのマンション、入居者は皆、独身の一人暮らしばかりである。親戚の子でも預かって泊まらせているのかもしれないが、こんな時間に大声で歌わせるなんて非常識だと憤っていた。

それにしても、いったいこれはなんの歌だろう。なにを歌っているんだろう。

からからと窓を開け、歌声に耳を傾ける。

普段はなにを歌っているのかまで聞き取れないのだが、この日はところどころはっきりと聞き取れる部分もあった。

とくに歌詞の中で何度か繰り返される、

「ちまみれのおまわりさん」

そう聞こえる節が。

え、うそだろ。なんだこれ。

また耳をそばだててみるが、そう歌っているようにしか聞こえない。

曲調はこれまで聞いた子供の歌と違って初めて聞くもので、歌っている子が相当下手クソなのか、あるいはそういうものなのか、一定しない韻律が不安を誘うゾッとさせられる歌だった。

「いぬのおまわりさん」の間違いじゃないか。こんなひどい詞の歌があるわけがない。事件をネットで調べたときに「血まみれのおまわりさん」も調べているので、あればそのときにこの歌もヒットしているはずだ。

興奮か怖れか、腕が鳥肌で毛羽立っていた。地元の一部で流行り、火花のように一瞬で消えた不気味な言葉を、まさか今になって歌という形で聞くことになるなんて誰が想像していただろう。

「ちまみれのおまわりさん」以外の歌詞は、なんといっているのだろうか。

息を止め、なんとか歌詞を拾おうと耳に手を当てた、その時だった。

子供の歌声は突然、右から左へと移った。

金島さんの部屋を跨《また》いで、歌声が反対側の部屋のベランダへと移動したのである。

その瞬間、これは聞こえてはならない歌声だと察し、急いで窓を閉めてイヤホンで音楽を大音量にして聞いた。

そのマンションも引っ越したので今も歌声が聞こえているのかは気になるが、確かめたいとは思わないそうだ。今でも「血まみれのおまわりさん」という言葉をおもいだすだけで、あの気味の悪い子供の歌声が頭の中で再生されるのだという。

ちなみにオーディションは合格されたそうである。

笑う十円

「三十年以上も昔のことなので、まったく頼りない話になりますが」

テーブルの上には一枚の十円硬貨がある。これの話をするという。

朝森《あさもり》さんは小学二年生の頃、外で十円硬貨を拾った。

黒ずんで、傷だらけで、一カ所だけ青い黴《かび》のような色がついていた。

拾った金は交番に届けなくてはならないのはわかっていたが、初めて金を拾ったことに興奮したのか、つい持ち帰ってしまった。

夜になってから急に自分のしたことが怖くなり、胸がどきどきと大きく鳴り、息が苦しくなった。悪いことをするとこうなるのだとわかった。

親にはいいだせず、家にも置いてはおけず、元の場所に戻すにはもう時間も遅いし、明日早くに戻しにいったとしても、もしその場面を人に見られたら大変なことになってしまう。

そうかといって使うこともできない。罪はもっと大きくなるし、お店の人が親にバラすことも考えられる。

そうして、あるのに使えない金を持て余し、どうしよう、どうしよう、と困りはてたので、家でいちばん優しかった祖母にこっそりと相談した。

ところが、祖母は怖い顔になって「これはどこで拾った」と厳しい口調で問い質してきた。

こんな怖い祖母を視たのは初めてだったので朝森さんは号泣した。だから、どこで拾ったのかをちゃんと祖母に伝えられなかった。

「どうして落ちている金を拾ったんだ」

これ以上、怒られたくなかったので、「かわいかったから拾っちゃった」と言い訳をした。

十円硬貨の裏側には、マジックのようなもので笑った顔が描かれていた。

三本の曲線でできた、誰でも描ける笑い顔である。

ただ、その顔は元々描かれていたのではなく、もしかすると自分で描いたものかもしれないが、記憶が定かではない。

とにかく、その顔がかわいくて拾ってしまったということにすれば、怒られないとおもった。

祖母は十円硬貨の顔をしげしげと見つめ、「これはダメだ」といった。

「こんなものを持っていたら死ぬんだよ」

「どうして死んじゃうの？」

うるさい、と拳骨を喰らった。

「死ぬよ、死んだらこうなるんだ」

そういって、口をンガァっと開ける。おそらく、祖母なりの死んだふりの顔をして見せたのだろう。それは今でも鮮明に思い出せるくらい本当に気味の悪い顔で、祖母は執拗に見せてきた。

「これはやめときな」

そういって別の十円硬貨を朝森さんに渡した祖母は、顔の描かれたほうは自分が預かるといって持っていった。その日に祖母は死んでしまった。

葬儀の日には泣きすぎて、何度もゲロを吐いてしまった。祖母をしっかり見送ってあげた覚えがないので、きっとどこかで休まされていたのだろうという。

それからしばらく、自分の拾った十円硬貨のせいで祖母は死んでしまったのだという、子供が抱えるにはあまりにも重すぎる自責の念に駆られたそうだ。

二年前、実家に帰った時にそのことを思い出し、そういえば祖母の死因はなんだったのだろうと気になった。子供の頃は死んだ理由をよくわかっていなかった。

母に訊くと、いろいろと不審な点のある死に方だったことがわかった。

自分の部屋で倒れていた祖母は、見つかった時はもうすでに亡くなっていて、両腕と腰の骨が折れていた。高いところに上って足を滑らせるなどし、落ちたショックで心臓が止まったのだろうということだった。

ただ、その部屋には祖母が上れるような場所はなく、上る必要もなかったはずで、結局、本当の原因はなんなのか、家族の誰も知らなかった。

「もう少し生きていてほしかったんだけどねぇ」

そういうと母は遠い目をした。

もう時効だろうと、朝森さんは十円硬貨の話を初めて母にした。

母にとってそれは、祖母の死の原因の話ではなく、息子の懺悔《ざんげ》にしか聞こえなかっただろう。驚きも、怒りもしなかった。そういうことがあったんだねぇと、朝森さんが異常に泣いていた理由を初めて知ったという様子を見せただけだった。

「そうそう、十円で思い出したけど」

祖母の荷物をほとんど処分していないことを母は告げた。今も二階の物置部屋にあり、その中には祖母が貯め込んでいた小銭の入った瓶もあるはずだという。もし暇があるなら探して好きに使えばいいといわれた。

視界に入る二階へ続く階段が、急に禍々《まがまが》しいものを帯びたような気がした。

「まだ、祖母の荷物は整理してないんです。多分、ずっとしませんよ」

もし、あの十円硬貨が再び出てきたら、今度こそどうしていいのかわからないそうだ。

ついてますよ

五年前、国門《くにかど》さんが西武新宿線に乗っていた時、一生に二度は見られないだろう珍しい光景に出くわしたという。

「どこの駅だったかは失念してしまったんですが」

二十代前半くらいの女性が乗ってきて、国門さんの正面の座席に座った。

かなり色っぽい服装だったので目のやり場に困っていると、発車して一分も経たず、女性の隣に座っている初老の男がそわそわとし始めた。

チラチラと女性を見て、いこうか、いくまいかと悩んでいるように見える。これはなにかやりそうだな、とワクワクしながら見ていた。

すると、男は急に立ち上がり、隣の女性にぼそぼそとした声でなにかを話しかけた。

女性は「は？」という顔をしている。

乗客の目がある中でナンパだろうか。だとしたら、とんでもない度胸の持ち主である。どんな展開になるのかと興味深く見ていると、どうも違うようだ。これはナンパではない。男のほうは、鳥肌がどうのと慌てた口調で喋っている。

はじめは女性の方は無視していたが、だんだん言葉を返すようになり、女性と初老の男の言い合いになっていく。

「悪いことはいわないから、絶対にしたほうがいいです」

「はあ？　さっきからなんなんですか？　気持ち悪いんだけど」

「神社でもいいですから、どうかいってください」

あなたのためですよ、と男は泣きそうな声でいった。

乗客たちは「ああ、おかしなおじさんに目をつけられて可哀想に」という顔をしている。だが見ていると、強い態度に出ているのは女性のほうで、男のほうは「どうか頼みますから」と懇願している。これでは男のほうが被害者である。

そうなると、またちょっと面白そうな見世物になってくる。

「絶対にお祓《はら》いをやったほうがいい。あんたもう限界がきてるから」

「ちょっと、警察呼ぶよ。誰か警察呼んでくださーい」

「あなた、身体にねぇ、太い蛇が巻き付いてるんだよ、それ、悪い蛇だよ」

うわあ、このおじさん、かなりの重症だなぁ。

これにどう返すのかと女性を見ると、さっきまでの尖った顔からは一変、怯えるような表情を貼り付けている。

「え、蛇って……マジで、蛇？」

「いるよ、太いのが、なんなのこれ」

「ほんとですか？　うそ、やだ、どこでやればいいんですか？」

今度は女性のほうが泣きそうな声で訊ねている。

それから二人は落ち着いた状態で話し合いをしだし、なにかがまとまったのか、一緒に駅を降りていった。乗客たちは「今のなに」という視線を向け合っていた。

「こんな面白い光景とは、二度と出会えませんよ」

そういって国門さんは嬉しそうに頬《ほお》を膨《ふく》らませた。

ミセス・アンドウ

タキオさんの実家には、いつだれが買ったものかわからない本がある。

九十年代に発行されたワインの愉しみ方について書かれた本で、五年前に急逝した父親の自室にあるプラスチックケースの中に入っていたという。

このケースの中身は父親の遺品であり、母親がいるものといらないもので整理してまとめたものだったが、その本は誰も入れた覚えがない。なにより、父親は酒を飲まない人だったので、なぜワインの本なのかとみんなで首をかしげたものだった。

本はずいぶんと傷んでおり、ページの最後のほうにハガキより少し小さいサイズの黄色い紙が挟まっていた。

紙には実家と同区内にあるどこかの住所が書かれており、その下にはミセス・アンドウという人名らしきものがある。

メモ書きは父親の字にも見えるし、そうでないようにも見える。家族に見せたが、なにを指すメモなのか、だれもわからなかった。

「愛人の住所なんじゃない？」

妹がいいにくいことをいってくれた。女性の名前と住所があるなら、容易にその発想には到達できる。タキオさんも一度は考えたが、あの父親にかぎってそれはないといえた。それは家族だからわかることだった。

古書を買うと、たまに前の持ち主が栞《しおり》に使った紙などが挟まっていることがある。これもそういうものかもしれない。でももしかしたら、父親にとって、とても意味のあるメモなのかもしれないのだ。だから、捨てるに捨てられなかったのだという。


「なんかスイーツ店っぽくない？」

妹がミセス・アンドウに似た名前の店を知っているというのでネットで調べたが、それらしいものは出てこなかった。

では住所の方はどうかと検索すると、一件同じ住所の場所が見つかった。

「ああ」と家族で声を上げた。

それは父親の入っている納骨堂のある場所だった。

生前に自分の入るところを決めていたのか。だが父親は事故で亡くなり、それまで健康面の心配もなかった。年齢的にも死の準備を考えるにはまだ早すぎる。

「でも、あのひとっぽいんじゃない？」

母親は几帳面だった父親の性格なら、先のことを考えていてもおかしくないという。

タキオさんは母親の言葉に頷きながらも、どうもなにか引っ掛かるものがあったという。


それからしばらくして、ミセス・アンドウについて新たな展開があった。

妹が父親の使っていたパソコンを貰おうと中のデータをＵＳＢメモリに移動させていると、ミセス・アンドウの名のフォルダを見つけたのである。

中身は「七月六日」とタイトルのつけられたテキストファイル、それから夜間に撮影したらしい画像が数点。

テキストファイルはなにも書かれておらず、作られた日時は五月十三日。

画像はどこの場所なのかはわからないが、神社のようであった。

いずれの画像にも、赤茶色の髪を肩まで伸ばした、大きなサングラスをかけた女性が映り込んでおり、どれも腰から下が消え、後ろの景色が見えていた。

これが、ミセス・アンドウなのか。

それは家族のだれも見覚えのない人物だった。

妹は心霊写真だといって怖がっていたが、タキオさんはもっと違う意味を持つ画像なのではないかとおもっていた。

数ヵ月後、久しぶりにあの画像を見ようとすると、USBメモリからフォルダごと消去されていた。母親が消していた。

ここしばらくの母親の言動、表情に違和感を禁じ得ず、どうもあの画像からなにかに気づいたのではないだろうかと、タキオさんは推測している。

地底人、コワイ

キミマロさんが中学生の頃、観測史上最大レベルの台風が関東に上陸した。

「ヤバイよ、ねえ、ヤバイよ、起きてよ」

その夜、眠っていたところを揺り起こされた。確か、午前一時頃であったという。

三つ年下の小学生の弟が不安そうな顔をしてキミマロさんを見ている。一度、泣いたような跡が頬に残っていた。

どうした、と訊くと、こわい音が聞こえてきて眠れないという。

暴風域に入ったのか、嘶《いなな》くような風の音やトタンを激しく叩く物騒な音が外から聞こえてきたが、眠りを妨げるほどではなかった。

「布団かぶったら聞こえないよ」

「違うよ、ほら」

そういって弟は耳に手を当て、

「ほらほら、なんか聞こえる、聞こえるでしょ」

耳をそばだてると、確かになにかの音が聞こえる。

キミマロさんは床に耳をつけた。どうも、この下から聞こえてくる。

自転車のペダルがどこかを擦《こす》っているときみたいな、シャコン、シャコンという音だった。

「なんだろうな」

「地底人だよ、地底人の足音だよ」

弟はそういうと表情を強張《こわば》らせた。

怖い夢でも見たのだろう。あれは足音には聞こえない。足音ならコツコツとかパタパタだ。逆にどう聞いたらあれが足音になるのか知りたかった。

「ね、ゼッタイに地底人だよね？　これヤバイよね」

オレ、地底人はいやだよ、あれは怖いよ。

あんまり怖がるので弟を連れて両親の寝室へいったが、父も母もいなかった。

明かりはついているが布団はもぬけの殻である。台風の様子でも見にいったのかとおもったが、父が外出時に使っているサンダルが玄関にある。外じゃないならと家中を探して回ったが、どこにもいない。

「地底人がくるからだよ。オレたち捨てられたんだ。地底人にあげられちゃったんだよ。こういうの言葉があるんだよね、えーと、イケ、イケ」

「イケニエ？」

「そう、イケニエ、オレたちイケニエだ」

キミマロさんはパニック状態の弟をなんとか落ち着かせるため、「父さんも母さんもそんなことしない」「地底人なんてこの世にいない」と、言葉をかけてあげた。

風が強くなってきたのか、家の中でミシミシと鳴りだした。

家が倒れないだろうか。どうしてこんな夜に父も母もいないのか。

どんどん不安になっていった。

地底人、地底人と弟があまりに怖がるので、「あれは明るいのが苦手なんだ」と二人で家中の電気をつけてまわり、居間でテレビを見ながら両親が帰ってくるのを待った。

ふと、「地底人の足音」はどうなったのかと寝室に戻って床に耳をつけると、シャコン、シャコンという音はまだ聞こえていた。

不安疲れか、弟が眠ってしまったので毛布をかけてやった。その隣でキミマロさんも横になると睡魔が近づいてきた。親が戻るまで眠るわけにはいかないので、うつらうつらとしながら抗っていると、廊下で家の電話が鳴りだした。

こんな時間にかかって来る電話なんて普通じゃない。

出たくはないが……でも親からかもしれない。

一人で電話を取る勇気がなく、弟を起こそうとするが、あれだけ音に敏感になって眠れないといっていたのに電話の音にはまったく無反応で、どんなに強く揺すっても迷惑そうに顔を歪めるだけで起きなかった。

一向に鳴り止まないので恐々《こわごわ》と電話に出ると、相手は無言でヒュウヒュウと呼吸の音だけを聞かせてくる。

「いたずらですか」

そう訊いてもヒュウヒュウと返ってくるので、受話器を放り出してリビングに戻り、弟にかけた毛布の中に自分も潜り込んだ。


昔、そんなことがあったよな、と五年前に帰省した時、弟に話した。

すっかり髭《ひげ》が似合う顔になった弟はキョトンとした顔から、プッとふき出し、

「なにいってんだよ」

と、手を叩いて爆笑した。

「ぜんぜん違うよアニキ、逆、逆」

地底人がどうとかいっていたのはアニキのほうで、夜中に起こされて家の中ぐるぐる連れ回されたのはオレのほうだよ、という。

「んなわけあるかよ、ギャンギャン泣いてたじゃねぇか」

「だから、それもアニキだって。騒ぐだけ騒いで、先に寝ちゃってさあ。あんときは参ったよなあ」

その場にいた両親にも当時のことを話したが、台風の来ている夜中に子供だけを残して家を空けるわけがないし、そうする意味がないと真顔で一蹴《いっしゅう》された。

もっともなのだが、しかしそうなると辻褄《つじつま》の合わない点が出てくる。

ただ、この辻褄を合わせるのが正しいことなのかはわかりかねるので、それ以来家族にあの話はしていないという。

息子への手紙

専門学生の藤田《ふじた》さんは現在、ある理由で一人暮らしをしたがっている。

その理由について、お話しをうかがった。

ある日、実家の自分の部屋のベッドの上に、何も書かれていない白い封筒が置かれていた。

糊《のり》付けはされておらず、中にノートから千切《ちぎ》りとったような薄汚れた紙が入っていた。

紙には鉛筆で次のようなことが書かれていた。

『かあさんとるな　親フコウもん　首キルゾ』

びっくりした藤田さんはバスルームにいき、入浴中の父に手紙を見せ、どういうことかと訊いた。

手紙に書かれていた字が父の字とそっくりだったからだ。

それに母のことを「かあさん」と呼ぶのも父しかいなかった。

父はなんのことかわからないという顔をし、書いたのは自分じゃないといった。

「学校の友達にでも悪戯《いたずら》されたんだろ」

それなら学校に着ていった服やカバンの中から出てくるはずだ。封筒は帰宅したらベッドの上に置いてあった。家の中で誰かが置いたとしか考えられなかった。

「第一、そんなもの書いてオレになんの得があるんだよ」

それならこれは、なんなのか。

書かれていることもまったく意味がわからない。自分が母をとったとは、どういう意味なのか。首を切るとは冗談にしても笑えない。

母に手紙を見せると、確かに父の字に似ているという。ただ、あの人が親不孝もんなんて古臭い言葉は使わないよ、ともいった。

風呂から上がってきた父に改めて手紙を見せると、「ほんとに似てるな」と笑いだした。

「こりゃ、オレの字だな。すげぇな」

笑いごとではない。父が書いたのでなければ、家に誰かが入り込んで、父の字に似せて書いたものを置いていった、そういうことになる。

目の前に手紙という物的証拠がある以上、書いた人間は必ずいる。だが、どう考えても犯人は父親しか考えられない。

なにかの勘違いで、自分と母がそういう関係になっていると疑っているのか。

しばらくは、父を警戒しながら暮らしていたという。


それから二カ月が経ち、母から唐突に真実を打ち明けられた。

あの手紙を書いたのは、やはり父だった。


『首キルゾ』の手紙の件から二日後のことだという。

夜中に水道を流す音で目が覚めた母は、隣の布団を見て父がいないことに気づいた。

お腹が空いてインスタントラーメンでも作っているのかしらと見にいくと、父はキッチンのテーブルで紙になにかを書いている。水道は全開で出しっぱなしになっていた。

水を止めて「なにしてるの」と訊いても上の空。手で隠すようにしている紙を取り上げると、そこには藤田さんの名前がびっしりと書かれ、下のほうに『親フコウ』『バツ』と書かれていた。

「これはなに？　説明して」

そう何度も問い質したが、今にも「だれ？」といいだしそうな顔で見つめてくる。

この時、父が脳の病気なのかもしれないとおもったという。

明日、父を病院へ行かせることにし、もう寝かせようと腕を引いて寝室へ連れて行った。

寝室にはもう、父が寝ていた。

振り返ると連れてきたはずの父の姿はなく、手は何も掴んでいなかった。

「うちにもう一人、あの人がいるの。それがあなたのこと——」

よくおもっていないみたいなの。

母の視線が自分にではなく、廊下の方へ向けられている。

そこには父が立っていて、二人のことをじっと見つめていた。

自分には父を判別することはできないので、早く実家を出たいという。

これが、藤田さんが一人暮らしをしたい理由である。

カギヲカケタカ

ある夏の深夜。

自宅で書類整理をしていた冨沢《とみざわ》さんは、缶コーヒーが飲みたくなったので近所のコンビニへと向かった。

ちょっとしたおやつも買ってレジで支払いをしていると、たいへんなことに気がつく。

ポケットの中に家の鍵がない。

きっとコンビニへ向かう途中で落としたのだ。

自宅まではいくらも距離はない。鍵なんて落ちていても拾う者はいないだろう。すぐに見つけられるだろうとおもっていた。

ところが、歩いてきた道をいくら探しても、どこにも落ちていない。

夜の暗さで見失っているのかもしれないが――。

ああくそ。こんな時間に家を閉め出されるなんて最悪だ。

いや、まてよ。

先ほど家を出た時、鍵をかけた記憶がないことに気づく。

ひと通りのほとんどない静かな道だ。落としていたら音で気づく。

はじめから鍵を持って出なかったのかもしれない。

そうであってほしいと祈りながら足早に自宅へと戻った冨沢さんは、玄関ドアのノブを掴んだ。

すんなりドアは開いた。

ああ、やっぱり、鍵をかけていなかったんだ。

まったく、なんて間抜けな——。

ぐん、と扉が内側に引かれ、ばたん、と勢いよく閉まった。

ノブからそっと手を放した冨沢さんは、一歩、二歩と後ずさりする。

視てしまったのだ。

靴脱ぎ場の暗がりから手が伸び、内側のノブを掴んで、ドアを閉めたのを。

ふやけたように白く浮腫《むく》んで、爪垢《つめあか》の溜まった醜い手だった。

ほんの少しだ。鍵がかかっていなかった、ほんの少しのあいだに。

なにに入ってこられたのか。

今夜は諦めて、ファミレスで朝を待つしかないだろう。
駅前のほうへ足の爪先を向け、自宅の窓を顧みる。
ほんの一瞬だが、天井まで届くほど背の高いなにかが窓の前をよぎるのが見えた。

クイズ番組

二年前のことだという。

あるテレビ番組の一コーナーで、日本各地の名産を当てるというクイズをやっていた。

それほど難問ではなかったので、船戸さんは奥さんと二人で調子よく正解を言い当てていった。

「そういえばさ、ここの海水浴場、すごかったよね」

ある県の有名な海水浴場の映像を見ながら、奥さんがぼんやりといった。

船戸さんは「ん？」となった。その場所には奥さんとどころか、自分も行ったことがない。

さては、昔の男と行ったのをかん違いしているな。

面白いので、「ああ、そんなこともあったっけ」ととぼけ、泳がせてみることにした。

「わたし、一生忘れないと思う」

「ああ、一生忘れないだろうなあ」

「たまに夢に見るもの、今でも」

「俺も俺も。なんなら昨日も見たかも」

いつ、気がついて顔色が変わるか。笑いをこらえながらとぼけ続けた。

「今も目に焼き付いてるよ。結局、何人があがったんだっけ？」

「ん？　あがった？」

「死体よ」

えっ、と奥さんを見た。

「なんだよ、死体って」

「ここの海水浴場、すごかったじゃない」

水死体がすごかったじゃない。

奥さんは真顔で船戸さんを見つめてくる。

もしかして、自分のほうが担がれているのか。そういうことなら負けてはいられない。

「ああ、すごかったな、どんどん打ちあがってたな」

そうよねぇ、と奥さんはスッと立ちあがり、窓に向いて合掌をはじめた。

「――なあ、もういいって」

「あんたもこっちきてやんなよ、ほら」

「おい、そういう悪ふざけやめろって」

船戸さんが怒鳴ると、奥さんはストンとその場に座り込んだ。キョトンとした顔で船戸さんを見ている。

「あれ、わたし今、なにしてたっけ？」

奥さんは海水浴場のあたりから、会話の記憶がまったくなかった。

その海水浴場にも一度も行ったことがなかったらしい。

この後、奥さんは数時間、足の痺れをうったえ続けていたという。

親人形

かなり昔のことなので、もしかしたら夢、妄想、記憶違いかもしれない。

そんな前置きの付く過去の話を私はいくつも聞いてきた。自分が見て体験したことの記憶が時間の経過によって摩耗されてしまい、実際に体験したことなのか自信が持てなくなるのである。

とくに怪談にはそういうことが多く発生する。あまりに現実離れしている体験だと、そんなことがあるはずがないと自身の記憶への疑いを強くしてしまう。

イラストレーターの夏子さんは、つい最近まで自身が持つ幼少期の記憶を疑っていた。

「あの日、父親が仕事から早く帰ってきたんです」

姉たちも学校から帰っていたから、たぶん、四時ごろのはずだという。

なかなか、靴を脱がないで玄関に無言で立っている父親に、夏子さんは「どうして今日は早いの?」と理由を聞いた。すると、怒った口調で「あっちへいってなさい」といわれたという。

そのあと、両親はリビングで、とても深刻そうな顔で深刻そうな話をはじめた。

怖い雰囲気だったので、夏子さんは二人の姉と隣の部屋で遊んでいた。

姉たちは襖を少し開いて隣の様子をたびたび覗いていたが、どんな状況なのかは夏子さんに教えてくれない。二人でひそひそと話している。かと思うと突然、「色チョコ食べたい」といって、夏子さんを置いて外へ買いにいってしまった。

「マーブルチョコのことです。みんなの大好物でした」

色チョコを食べられるのは楽しみだったが、買いに行くなら一緒に連れていってほしかった。一人、部屋で待たされて、夏子さんは不安になっていったのである。

隣の部屋からは両親たちのぼそぼそと話す陰気な声が聞こえていたが、気がつくとそれも聞こえなくなっていた。

どんどん陽が落ちて、家の中が薄暗くなっていく。

二人の姉は色チョコを買いに行ったまま帰ってこない。駄菓子屋はそんなに遠くないのに遅すぎる。自分のことを忘れて、どこかへ遊びに行ってしまったんじゃないだろうか。

あんまり静かなので、この家にいるのは自分一人だけのような気がして怖くなり、姉たちがしていたように襖を少しだけ開いて、両親たちのいる隣の部屋を覗いた。

両親はテーブルを挟んで、向かい合って座っていた。

ホッとした。でも、様子が変だ。

二人とも、まったく喋らない。

無言のまま向き合って、身動き一つしないのである。

喧嘩をしているのかなと、父親の顔をうかがう。

違う。

違う。パパじゃない。

座っているのは父親ではなく、父親に似せている何かだった。

顔は父親なのだが、顔の形があるだけで、肌も、目も、唇も白一色だった。鼻の穴は小指で突いたほどの浅い窪《くぼ》みしかなく、口も唇の形たちはしているが閉じた形のまま開かない。

母親の顔も同じだった。

二人の顔はまるで、型を取って作った未着色の人形のようだった。

この記憶はわりとすぐ、夏子さんの中では夢だったということで片付けられた。

それから二十数年間、思い出すこともなかったが、今から一年前、二人の姉と久しぶりに会って外食をしに行った時、誰から話したのか、その話題になったという。

「夏子も見てたんだ」

あの時、二人の姉が急に家を出ていったのは、両親の様子に異常を感じたからだった。姉たちは、両親が人形を置いてどこかへいってしまったのだと思い、外へ探しにいったのだという。

チョコレートを買いに行ったという夏子さんの記憶と食い違う点はあるが、あの日、三人の姉妹は、親に似た人形を見ていたのである。

夏子さんはもう、この記憶を疑ってはいないそうだ。

白いもの

あれは不思議だったと織田さんはいう。

諸々、記憶が定かでないが、肝心な部分ははっきりとしているからと語ってくれた。

その日は何用があったか、バスに乗っていた。

普段は乗らないものだから、何か特別な理由があったのだろうという。

ぼんやり窓から外を見ていると、後方から白い風呂敷のようなものが追いついてきて、バスと並走しだした。

風に巻き込まれたビニールかと思って見ていたが、そんな動きではない。蛸《たこ》やクラゲの皮膜のように、ふわりふわりとした優雅な動きをしている。

なんだろうと見ていると、それは急に窓に触れそうな距離まで近寄ってきた。

よく見ると白いものには文字のようなものがある。

白いものが波打っているため、字が浮いたり凹《へこ》んだりして読むことは難しかった。

「なにこれ」

隣に座っている小さい女の子も窓の外のものを見ている。

通路を挟んだ席に座る母親らしき女性も窓の方を見ていた。

「お、お……め？」

女の子が隣から身を乗り出し、窓の近くにある白いものの文字を読もうとしている。

この子が読めるなら平仮名なのかと、織田さんも解読を試みるが、波打つ字が平仮名であるということさえもわからない。

「あー、わかったよ」

すべて読めたのか、女の子の声が聞き覚えのない言葉を早口でいった。

すごいねぇといって隣を向くと、車にでも酔ったのか女の子は顔を土色にしており、目が潤んでいる。

バスが停車し、女の子と母親が一緒に中央降り口から降りた。

降りてすぐの場所で女の子が立ったまま吐いてしまい、そこでドアが閉まってバスは発進した。

「あの子、しんじゃうよたぶん」

後ろの席から中年女性の声がした。独り言か、誰かへ向けた言葉かはわからないが、こう続けた。

「あんなもの、ぜったい声に出して読んじゃだめでしょうに」

三十年以上前の話だというが、いまだにあれがなんだったのか知りたいそうだ。

バッグ

ＰＡＬ氏は軍装品コレクターである。

とくに軍服研究に熱意を抱いており、実物・レプリカを問わず蒐集している。

ディープなコレクターになると蒐集にかかるのと同じくらいコレクションの保管環境にコストをかけると聞くが、ＰＡＬ氏もコレクションを安全に保管するために一戸建ての家を購入している。

これはその家のコレクションルームで起こったことだという。


問題の部屋は家の三階にある。

部屋の中ではいちばん広いスペースをとられており、贅沢な収納環境を使って希少な軍服を多数保管・展示している。

そこでは頻繁に奇妙なことが起こっていた。

「その部屋だけ、なぜか照明が短命なんです」

コレクションの整理や撮影をしていると、かなりの確率で室内が暗くなる。停電ではなく、照明の電球が突然切れるのである。

とくによく切れるのは主照明のシーリングライトで、次はクローゼットの中の蛍光灯と壁に取り付けられたスポットライト。

いずれも通常なら数ヵ月はもつものだが、この部屋に取り付けられたものは二週間ももたないのである。

興味深いのは照明の切れ方にいくつかパターンがあることで、激しく明滅してから切れることもあれば、なんの予兆もなく突然切れることもある。

レアなパターンは交換した当日に、電球や蛍光灯が原因不明の破裂を起こす。いちばん多いのは、パシッ、パシッと平手打ちのような音が二回から四回鳴ってから切れるパターンである。

最初は接触の問題だと思っていたそうだが、他の部屋と比べてコレクションルームだけ電球・蛍光灯の消費量が異常なことになっていき、さすがに無視はできなくなった。

このことを知人に相談すると、それはラップ音やポルターガイストだといわれた。

つまり、霊的な現象だというのである。

その手のことに知見のないPAL氏がどうしたものかと困り果てていると、知人は助け舟を出してくれた。

「よかったら、知り合いの占い師を紹介しようか？　本職の占いより、そっち系のほうが知られてる人だから」

どうにも胡散《うさん》臭いものを感じたPAL氏はその申し出を断り、自分で何とかしてみるよといった。


その後、PAL氏はコレクションルームの照明をすべて取り外した。

明かりがなければ、暗くされることもない。

念のため、部屋の四隅に塩を盛り、線香も焚いてみた。しかし、翌日になると塩や線香の灰が床にぶちまけられている。

中途半端な霊対策で刺激をしてしまったのか、その夜はずっと上から子供の走り回るような音が聞こえてきた。

その後、コレクションルームの空気があからさまに重たくなり、闇の中を素早く動き回る気配がある。ライトを向けると光の帯の中を一瞬、何かの影が横切る。

部屋に入った途端、複数の衣擦れが遠退いていったこともあった。

確実に何かがいることを知ったＰＡＬ氏は、やはり占い師を紹介してもらうことにした。

「あなたの蒐集している物に要因があります」

占い師の女性によると衣料品は人の想いが染みつき、霊的な依代《よりしろ》になりやすいという。中でも生死に関わりのある軍服は危険度がひじょうに高く、そんなものが一ヵ所にこれだけ集まっていれば何も起こらないほうが不思議だといわれた。

「すべて手放すことをすすめられましたよ。それをしたくないから相談してるのに、話にならんとおもいましたね」

しかたがなく、ＰＡＬ氏は霊現象を受け入れることにしたのだという。

幸いというべきか、足音のような騒がしい現象は塩や線香を置いた時に起きただけで、その後はなかった。影がちらちら見える程度なら、無視でやり過ごせると思ったのだ。


すべての照明を外してから、半月ほど経った夜だった。

イベントで展示する軍服を選ぶため、ライト片手に暗いコレクションルームに入った。

床に黒いものがたくさん横たわっている。

なんだろうとライトを向けたＰＡＬ氏は、すぐに扉を閉めて引き返したという。

「さすがにこれは、もうだめだと思いましたね」

床に寝かされていた黒いものは、すべて死体袋だったという。

ペット厳禁

香葉《かよ》さんの住んでいたマンションはペット厳禁である。

「あそこほど厳しいところもないと思います」

エントランスの掲示板やエレベーターの中には、他の注意事項を差し置いてペットに関するプリントが何枚も所狭しと貼られている。いずれも内容はトラブル例や罰則が箇条書きにされたもの。同様のプリントが月一で各家のポストにも投函される。

また二ヵ月に一度、自治会の人がアンケートをとりに訪問する。訊かれるのは自治会の参加の有無や、マンションの共有部分の管理についてなど。

しかし、おそらくそれは本当の目的ではないという。

「そうそう、いつも家庭ゴミは何時頃に出されてますぅ?」

などと質問をしながら、室内の様子を窺《うかが》うような目の動きをしているというのだ。

尻尾の毛先でも見つければ摑もうとしているのだろう。

これほど過敏な状況にもかかわらず、香葉さんはペットを飼った。

「友人の家で生まれた仔猫で、里親を探していると聞いて、あ、欲しいなってなっちゃって。一人暮らしは寂しいんで癒しが欲しくなるんですよね」

ペット厳禁のマンションで大型犬を何年も飼っている友人が「見つかったって追い出されやしないよ」と背中を押してくれたこともあって飼うことを決めた。

仔猫にはハスと名付け、とにかく周囲に気づかれぬよう、存在を消しながら飼った。寂しがると鳴いて歩き回るので外出時はテレビをつけたままにし、トイレ砂や餌を買う時は駅二つ向こうのスーパーまで行く。着衣についた毛はマメにガムテープで取り、糞尿はトイレットペーパーで何重にも包んでビニール袋に入れて捨てる。いちばんの危険は自治会の訪問なので、インターホンが鳴ったらクローゼットの中にハスを隠してから出るようにしていた。

そんな苦労の甲斐もあり、近所に猫を飼っていることはまったくばれなかった。

ある夜、尋常でない鳴き声を聞いて飛び起きた。

声のするバスルームに駆け込むと、上半身だけのハスが壁に貼りついて、もがいていた。

「はじめは何が起きているのかわからなくて呆然としちゃって」

バスタブが傾いで壁との間に隙間ができ、そこにハスは身体の下半分を挟まれていた。よほど苦しいのか歯茎を剝きだし、泡を吹きながら鬼のような形相で叫んでいた。暴れるハスをなんとか救い出すと、ぴゅんとバスルームを飛び出し、リビングの隅で小さくなって震えていた。そんなハスを見ながらテレビの電源を入れ、音量を上げる。

今の声が外に漏れなかっただろうか。どうしてあんなことになったのか。

バスタブには水が溜まった状態だった。自然に傾くはずはない。仔猫が乗って遊んだくらいでは、あんな状態になるわけがない。

幸いハスに怪我はなかったが、バスルームを怖がるようになり、けっして近寄ろうとはしなかった。

それから数週間後の明け方。再び、異常な声で目が覚めた。

閉めていたはずのバスルームの扉が開いており、中からカスカスと爪を滑らせるような音が聞こえていた。

ハスは首を吊っていた。

シャワーと水道の切り替えレバーに掛けてあった髪止めのゴムに首を引っ掛け、ペダルを漕ぐように後ろ足をバタつかせている。

泣きながらゴムをほどくと、ハスは死に物狂いで逃げ出した。

探しにいくとパソコン机の下に丸まっており、動かないので引きずり出すと血混じりの吐瀉物を吐いて絶命していた。

「あんなに怖がっていたバスルームに自分から入ったなんて思えないんです」

あのマンションには、ペット厳禁の本当の理由がある。

そんな気がしてならないそうだ。

香葉さんは現在、駅周辺でペット可のマンションを探している。

また猫を飼う予定であるという。

残留物

滝田さんが中学二年の頃、従兄が亡くなった。享年二十一。

「訃報が届いたのが文化祭の前夜で、慌ただしかったのを覚えてます」

母から訃報を聞いてすぐ、担任に電話をした。

クラスの出し物は『モチモチの木』の影絵で、滝田さんは重要なパートを担当していた。急遽、代役を入れなくてはならなかった。

翌朝、母親の運転で従兄の実家のあるY県へ向かった。

「車の中では、よく遊んでもらったことを思い出していました。死んだなんて信じられなくて、夜勤明けで仮眠していた父に何度も事実を確認しました」

従兄は十代の頃、かなりヤンチャで親泣かせだった。付き合っていた女性に子供ができると不良はすっぱり卒業。生まれ変わったように真面目になり、地元の中古車専門店に就職した。車もシャコタンの改造車からワゴンに買い換え、その車で温泉旅行にでも行こうと話していた矢先の不幸だったらしい。

死因は不明。ポックリ死だった。眠ったまま目覚めなかったそうだ。

「死因がわからないとか、若いのに突然死ぬとか、信じられませんでした」


正午過ぎに従兄の家に着いた。

滝田さんたちは従兄の顔を見せてもらった。

「安らかな顔だね」

「本当、眠っているみたい。眠ったまま逝っちゃったんだね」

両親も親戚も口々にそういうが、滝田さんにはそうは見えなかった。

薄く開いた口から不揃いな前歯が覗き、瞼は閉じたまま二度と開かないとわかる。そういう作りものに見えた。喩えるなら蝋人形だが、人形よりも命を感じなかった。

もう、この中に魂はないのだなと思うと、とても安らかな顔だなどとはいえない。

初めて見る、死を刻んだ顔を間近にして、滝田さんは恐怖さえ覚えたという。

自分も死ぬと、こういう顔になるんだろうか。そんなことを考えていると、急に周りが静かになったように思えて顔を上げた。

部屋には滝田さんだけが残され、廊下と台所の方から会話の声が聞こえる。

亡くなった従兄と二人だけでいるのもなんだか怖い。

意識をよそに向けることにした。

（文化祭、どうだったかな。影絵の代役、誰がやったんだろう）

ジュズズズ、と水っぽい音が耳を掠めた。

棺の中の従兄は、鼻に詰めた綿に血を滲ませている。口の端には唾が泡立っていた。

「うわ、うわって大声あげたら、台所や廊下で話していた親や親戚たちが、どうしたどうしたって入ってきました。従兄の顔を見たら、みんな慌てだして」

喉をブリブリ鳴らして口からオレンジ色の吐瀉物を溢れさせる従兄の口を、みんなはティッシュを使って拭いていた。汚れたティッシュはビニール袋がいっぱいになるほどで、その後、叔母が従兄の口の中に何かを大急ぎで詰め込んでいた。そのあいだも従兄は喉からブリブリと音を立て、放屁のような臭いもさせた。こわごわ覗きこむと、従兄と目が合った。うっすらと目が開いていた。何度かまばたきもした。

「父に何が起きたのか訊いたんですけど、あまり応えてくれませんでした」

詰めものが取れたとか、起きたとか、しっかり見張ってないからだとか、いろいろ言われたけど、よくわからなかった。父親も混乱しているようだった。

「そんなことがあった後に、この日が従兄の遺体を交替で守る日なんだって聞かされた時は、本当に厭でした」

それからも従兄は喉をブリブリと鳴らし、そのたびに親戚たちは「起きちゃったのかねぇ」

「奥さんと娘さんを呼んでいるのかねぇ」と哀れむような目を棺に向けた。

滝田さんは疑問を抱いていることがあった。

通夜や葬儀のあいだ、従兄の妻と娘は一度も顔を見せなかったのだ。

酒癖手癖

奥野さんは普段、酒を飲まない。
年に一度だけ飲むという。

友人に多田という酒好きの男がいた。いた、というのも、彼はもう、この世にいない。
五年前に亡くなっているという。
「酒癖が悪くって、酒が入ると今度は手癖が悪くなるってタイプで」
なんでも拾ってくるのだという。
モルタルまみれのスコップ、キックボード、プランター、バックミラー……。
お土産だといって奥野さんの家へ持ち込み、置いて帰る。
一度、花束を持ってきたことがあり、怒鳴って元の場所へ戻させたこともあった。

彼の命日である八月某日。深夜。

多田はいつものように、アポなしで奥野さんのアパートを訪ねてきた。

「べろべろに酔っぱらってきて、飲み直させろオラァって」

なんでも数時間前、多田は別の友人とバーで飲んでいたのだが、店員の態度が気に喰わなくて出てきてしまったのだという。腹いせに未開封のカルーアを一本くすねてきたようで、その戦利品をぜひとも共に味わいたいのだと。

この頃は奥野さんも付き合い程度には酒を飲んだが、多田と飲むのだけは勘弁願いたかった。彼につき合うと、最終的に粗相の後始末をする羽目になるからだ。

「お土産持ってきたからさぁ……あれ……あれ？　やっべ、落としたかも、拾ってきて！」

「やだよ、また何拾ってきたんだよ。お前、もうべろべろじゃん。今日は帰れって」

いくら説得しても甘えた声で懇願し、しまいには古いアニメソングを歌いだす。

玄関でそれをやられると、もう彼の要求を呑むしかなかった。

「わあ、お前、それどうしたの!?」

部屋に入るなりベッドに飛び込んだ多田の手を見て、奥野さんは思わず声を上げた。

彼の左手は、親指以外の爪がなかった。

「それ……痛くねぇのかよ」

完全に剥げてノッペラボウの指。カラス貝のような色の爪が申し訳程度に残っている指。右手も中指と薬指の爪が根っこから剥がされている。

「痛いかも、うえーん、ばんそうこ、ちょーだーい」

「ねぇよ。朝になったら病院行けって。外で何してきたのよお前」

「知らねぇすよ。ねぇ飲も。朝まで飲めば痛くねぇよ」

無茶苦茶な理屈だ。付き合い切れないが、付き合うしかない。

けれどもカルーアはかなり濃い甘味のリキュール。そのまま飲むのは厳しい。

「冷蔵庫にミルクもないんで、どうすんのよって訊いたら、アイツこのままいくって」

多田らしい、ひどい飲みっぷりだったという。

まずはラッパでぐびぐびと飲み、辛いものを食べたような顔で「アァー」と舌を出して、今度はグラスに半分注いで一気に飲み干す。

この調子では今晩も派手に粗相《ゲロ》をしそうだ。

もう覚悟をして、〈戻す専用〉のゴミ箱を彼の横に用意しておいた。

「あ、だめだ。きたわ」

おそらく午前三時は回っていたという。

突然、リバース予告をしだした多田は、真っ白い顔で立ち上がった。

奥野さんはすかさずゴミ箱を差し出す。

「馬鹿っ、これでやれよ、どこでやる気だよ、おい」

「あー、外いくわ。空気吸いてぇ」

右に左にと危ない足取りで外へ出ていこうとする。車に轢かれても困るので、肩を貸して一緒に外に出た。

すると多田は、奥野さんの肩をほどいて、道路に飛び出した。

「あーっ、あぶねぇって！　もっと隅で吐けよ、おい、聞いてんのかよ」

まったく耳に入っていないようで。道路中央で土下座をするように座り込む。

ほどなく多田の方から、ビチャビチャと嫌な音が聞こえてきた。

——ああ、最悪だコイツ。ひとんちの前で。

耳障りな音は、なかなか止まらなかった。

そんな音を聞かされたせいで、シラフの奥野さんにまで吐き気が伝染した。

遠足のバスの中で経験したような、かなり本格的な吐き気に襲われ、しゃっくりのように二度、三度と嘔吐《えず》く。

吐いてたまるかと拳に口を当てて耐えていたら、耳がプツッと鳴った。

「新幹線とか乗ってると耳が痛くなる。あんな感じなんですけど」

外の音が遮断され、キーンと響く耳鳴りの中――。

じゃーね

「あ？　多田、今なんか言った？」

返事の代わりにびちゃびちゃと音がした。今の彼に言葉を発する余裕はない。

ご近所さんだろうか。少しうるさかったか？

アパートは奥野さん宅以外の窓灯りは一つもない。

遠くの街灯まで見通しても、道路に人の影はない。

道の真ん中に子供の靴が片方だけ、底をこちらに見せて落ちている。ガムでも踏んだのか、踵に真っ黒い何かがこびり付いている。

――厭な感じだ。

多田はまだかと目を遣ると、背中をビクンビクンと震わせ、絞りきるように呻いている。

「一滴も残さず吐ききってから戻ろうな……うっ」

見まい見まいと思っていた路面に広がる吐瀉物が、街灯のスポットライトに照らされて内容物まで鮮明に見せた。

再び込み上げる激しい吐き気を、ぐっと食いしばって抑える。

耳がプツッと鳴り――

じゃーんね

頭の中に響いてくる、先ほどと同じ声。

これは子供の声だ、そう思った。

周りを確認するまでもない。こんな時間に子供が歩いているわけがない。それに。

今の声は、耳元で聞こえた。

「……多田、立てよ。もう戻ろうぜ。なんか気味わりぃよ」

呻きながら起き上がる多田から、着メロが鳴った。

祭囃子に似ているが、聴いたことのないメロディーだった。

「早く出ろって、つーかバイブにしとけよ、この時間は」

「あぁー？　なんだぁこれ、俺んじゃねぇ、しらねぇもん、こんな曲」

眠そうな顔でズボンをパンパン叩いて携帯電話を探している。そうしている間に着メロは止まった。

はあぁぁ。多田は辛そうな顔で溜息を吐く。

「帰るわぁ」

「あ？　泊まってかねぇの。始発、当分こねぇけど」

「歩いてくよ、腹減ったし、駅前で牛丼喰ってくわ」

そう言うと駅方面へ歩きだし、落ちている子供の靴を拾って、街灯の先の闇へ消えた。

それから二時間後に多田は死んだ。

コンビニ配送のトラックの下で寝ていたところを、轢き潰された。


あの夜は、何かがおかしかったんだよなあ。

遠い日の記憶を辿るような目で、奥野さんは近くのものを見つめていた。

「着メロ流れた時、あいつ、携帯持ってなかったんですよ。俺んちに忘れていったんです。だからあれ、着メロじゃないんです」

それにあの声――。

あの、子供のような声——。

「じゃあね……そう言ったんだって、ずっと思ってたんです。けど、最近、違うかもなって思えてきて」

ざーんねん

そう言われた気がするのだという。

多田が何を拾ってしまったかは、わからない。

彼との付き合いはもう、年に一度だけ酒を飲む、命日だけ。

難

礼香さんの職場の近くに、当たると評判の『占いの館』があった。前々から気になっていたので、結婚運や仕事運でも見てもらおうと折を見て立ち寄ってみたのだという。

濃紫色の内装に甘いインセンスの香りを漂わせる館は、常に五、六人の占い師が常駐しており、タロット、占星術、姓名判断といった様々な占いが体験できる。

人生や考え方が変わるようなアドバイスをもらえるかもと期待をして臨んだのだが、「恋愛はぼちぼち、結婚はそのうち、仕事は可もなく不可もなく」と、いずれの結果を聞いてもパッとしたものはなく、アドバイスといえるようなものもほとんどない。それどころか、みんな口裏を合わせたように水難ばかりを警告してきたという。

「水難火難なんて地震と同じで言っておけばいつかは当たるものじゃないですか。ああ、占いなんて結局そういうもんかって、期待が大きかった分、すごく残念な気持ちで帰ったんです」

数日後、自宅でシャワーを浴びていた礼香さんは、目に強烈な痛みを覚えた。睫毛《まつげ》やゴミが入ったようなレベルではなく、眼球を爪で引っかかれたような痛みだった。

鏡で見ても目に異物や異変は見当たらず、充血もない。やがて痛みは引いたのだが、この日から礼香さんの視力は急速に低下していき、たった一週間ほどで裸眼では何も見えないほどまで悪くなってしまった。

また、別の日。

シャワー中に大きな物音を聞いてバスルームを出ると、見知らぬ人がいた。

作業服姿の五十がらみの男で、手には工業用のカッターを持っている。カッターの刃は出しておらず、それを見せつけて脅してくるでもない。襲ってくるでもなく、何かを要求するでもなく、目的がわからないのでしばらく対峙していると、「指示があるまで待て」と意味不明な言葉を残し、玄関から立ち去っていった。

すぐに警察へ通報した。

洗髪中、目をつむったままシャワーを取ろうとしてつかみ損ね、シャワーヘッドで顔面を強打。下前歯が二本欠け、その箇所の歯肉が化膿して顔がポパイのように腫れあがった。

早朝のバスルームで転倒、手の爪が二枚剥げた。

入浴中に突然、バスルームの照明が消えた。リビングの明かりは消えていないので停電ではなく、バスルームの照明のみが消されたことがわかった。いつぞやの侵入者かと警戒したが、何者も侵入した様子はなかった。

再び、入浴中にバスルームの照明が消える。

給湯機が故障。温度調節が利かなくなり、熱湯と水が交互に蛇口から出てきた。

同日夜、鏡の中から色白の肥えた女に見つめられた。なにをするでもなく、ピンポン玉のごとく膨張した双眸にしばらく礼香さんを映し込み、そして忽然と消えてしまった。

朝からスマホが見当たらず、なぜかバスルームの手桶の中に入っているのを発見する。着信が数十件入っており、すべて父の急逝を報せるものだった。

こうした一連の出来事が水を扱う浴室で起きていたことから、自身に水難が降りかかっているのだとようやく認めた礼香さんは、助言を頂くために再び『占いの館』へ足を運んだ。

ところが、彼女を見た占い師たちは総変わりしており、助言を頂くどころか新たに火難のお告げを頂いて帰ることになったという。

有言実行

比嘉直人はひどく独占欲が強く、疑心暗鬼の塊のような男だった。

自分の所有するものには自分のものであるという証を刻み、ぜったい他者へは譲らない。口を開けば「浮気をしてるんだろう」「他に男がいるんだろう」。

精神面も人一倍弱く、簡単に心が病んで、自分以外の人間をすべて敵・加害者と見なす。一方的に彼から恨まれ、妬まれ、執拗な嫌がらせを受けた者は数知れない。

そんな彼と、五年前に三カ月間だけ交際をしていたことのある志菜さんは、今でも当時のことを思い出すと虫唾が走るという。

「愛想が尽きたっていうか、情だけじゃもう彼を支えられなくて。一緒にいるだけで命が縮む気がしました。友達の力を借りて、半ば強引に別れたんです」

別れたらストーカーになってやる、オレを捨てたら死んで呪ってやる、オレの憎しみの血や涙をお前にごくごく飲ませてやる、そんな汚い脅し文句で志菜さんを繋ぎ止めようとする比嘉だったが、すべてが口だけで終わるのを知っていた彼女は「どうぞご自由に」と彼の手の届かない地へ引っ越した。

案の定、比嘉はその地まで彼女を追ってくることができなかった。

その地は長らく志菜さんにとっての安住の地となったのだが――。

今年の春、それは起きた。


その夜、左足にチクリと痛みが走り、志菜さんは眠りから覚めた。

眠気がまとわりつき、電気をつけるのも億劫だった彼女は、布団から出ずに寝ている姿勢のまま足を曲げ、手探りで痛む箇所に触れた。すると、足の親指の付け根あたりに小さな硬い突起がある。指先で押すとピリリと刺激が走る。

トゲでも刺さっているのかと摘まんで抜こうとするが、突起が小さくてなかなか摘まめない。そのうえ、なんだかぬるぬるしている。どうも出血しているようだ。

何かが刺さっているのなら抜いておきたい。絆創膏も貼っておかないとばい菌が入るだろう。血も拭かなければ布団が汚れてしまう。

わかっているのだが、眠気に抗って起き上がることができず、諦めてしまった。

次に目が覚めたのは、正午過ぎ。

「やだ、なにこれ……」

手が血まみれだった。

完全に乾ききってはおらず、べとべとしている。

布団の中にも赤い色が広範囲に染み渡っており、着ているスウェットには巨大ミジンコかペイズリー柄のように赤い指の形が踊っている。

左足の親指の付け根には、長さ三ミリほどの裂傷がある。大量出血の源泉はこれらしいが、それほど深い傷にも見えない。

なにかが刺さっていたはずだが、傷口にはなにも残っておらず、布団の周辺を探しても怪我をしそうな尖ったものなどは落ちていない。

不可解な点の多い傷だが、考えてもわからないので絆創膏や消毒液で簡単に処置し、余計な想像を巡らせないことにした。

いつまでも血だらけの姿でいられない。

着替えようとスウェットパンツを下ろした志菜さんは、
ひぃ、と叫んだ。

そして、叫び声をあげながらバスルームへ飛び込むと、左内太腿を垢すりで必死に擦りだす。泣きながら、震えながら、怒り狂いながら。

志菜さんの両足の内太腿は、おびただしい量の内出血の跡で斑模様になっていた。

それは彼女にとって、比嘉直人という男の粘着質な執念を思い起こさせる、おぞましい光景にほかならなかった。

比嘉は、志菜さんが自分の所有物であることを誇示するため、毎晩、彼女の内太腿にキスマークをつけていたのである。

「死んだのかもしれません、彼」

志菜さんは強張った笑みに虚ろな目を浮かべていた。

言葉だけの薄っぺらの呪いが、彼の死で本物になったのではないでしょうか。

そういって、彼女は怯える。

あとがき　怪談の味

生まれて初めて聞いた怪談は、おそらく父が語ってくれた話です。祟りも呪いもありません。どちらかといえば心が温かくなる話でした。それでも僕はこの話が、いちばんこわい。

当時、父はお酒を毎日飲んでいましたし、いつも酔っ払っている印象でした。言動はいつだってふらふらとして、頼りないものでした。

また、ちょっぴり嘘つきです。僕の疑問には何でも答えてくれるのですが、なんでも答えられすぎです。大人になってからその答えの中に多くの虚偽、誤りがあることを知りました。きっと、息子の疑問に「わからない」と答えるのは、親として格好悪いものだという考えがあり、無理して答えてくれていたのでしょう。

そんな父から聞く怪談をなぜ、本当にあったこわい話、いわゆる「実話怪談」だと信じていたのかといいますと、同じ話を何度も聞かされたからです。

飲みに連れていかれるたび、上司から同じ苦労話や自慢話を繰り返し聞かされたらどうでしょう。普通ならうんざりします。でも怪談においては、同じ話をされればされるほど、僕はこわくて面白いんです。

酩酊状態になっても記憶から消えず、繰り返し同じことを話せるのは、その話が父の脳に染みついているからです。記憶の襞に挟まったまま、ずっと取れないからです。

それは、父の人生に体験として刻まれている「実話」だからにほかなりません。

だから僕は話の中身よりも、父が「何度も繰り返し話す」という現実がこわかった。

気がつけば、作家になってもう十数年が経過しておりました。

そのあいだ、ずっと怪談を書き続けてきましたが、このたび、はじめて実話怪談本のベストを出していただく運びとなり、とても幸せな気持ちでこれを書いています。

すべては、貴重な体験談を提供してくださった皆様のおかげです。

この場を借りて、感謝を捧げます。

これまで、本当にたくさんの話をお聞きしました。

語りたくない、思い出したくもない、記憶の奥底に眠らせていた、おぞましく、忌まわしい話。そういった話は、ひじょうに少ない印象でした。

怯え、震え、汗をかき、眉を曇らせ、重たい口を開いて胸の奥から引きずり出すように語る、そのような体験者には、実はほとんど会っておりません。どちらかといえば皆さん、嬉々として、なんだったら笑い交じりに語ってくださいます。

カラオケボックスで語った後、そのままマイクを握って美声を披露された方もいます。霊的なものではなく、人間の話で終わることもあります。

忘却の海に沈みかけていた記憶を無理に引き揚げてくださったはいいが、年月の波に削り取られて、ほぼ骨しか残っていないような話を、「記憶が曖昧なのですが」と申し訳なさそうに語ってくださる方もいました。

「あのトンネルで一度だけ女の人を見ましたよ」と、聞いたまま書き起こしてしまえば一行で終わってしまいかねない話もありました。

それらの一話、一話が。

たった一行、たった一片が。

すべて、誰かの心胆を寒からしめる陰の力を持っている。僕はそう信じ続け、幽霊登場の有無にかかわらず、そもそれは怪談なのかという怪しい話も含め、集めました。

金縛り、噂話、あるいは体験者の夢、幻、錯視の可能性もある話、そういう収穫もありました。

そうして集めた話は、どれも違う味のこわさを持っていました。
これからも僕は怪談を集めるでしょう。そしてまた、このような場を与えてもらえる限り、書き続けます。その時はまた、お付き合いいただければ幸甚です。

黒　史郎

初出一覧

地獄　書き下ろし
笑顔　書き下ろし
タクシーチケット　書き下ろし
あぶない入道　怪談実話　FKB饗宴5
母泥棒　黒塗怪談　笑う裂傷女
バースデーケーキ　実話蒐録集　黒怪談
ハズレ　実話蒐録集　黒怪談
はないし　実話蒐録集　黒怪談
直ぐメモ　実話蒐録集　黒怪談
祟られる筒　実話蒐録集　黒怪談
たぬき　黒塗怪談　笑う裂傷女
キメラ　実話蒐録集　暗黒怪談
ばあちゃんこわい　実話蒐録集　暗黒怪談
引忌　実話蒐録集　暗黒怪談
運動部の秘め事　実話蒐録集　暗黒怪談
腕ウォッチ　実話蒐録集　暗黒怪談
父の影を追う　実話蒐録集　暗黒怪談
虫爺　実話蒐録集　暗黒怪談
お婆ちゃん、からだ、やわらかくない？　実話蒐録集　漆黒怪談
核爆発ドーン　実話蒐録集　漆黒怪談
豚女　実話蒐録集　漆黒怪談
厠犬　実話蒐録集　漆黒怪談
蝙蝠　実話蒐録集　漆黒怪談
半裸族　実話蒐録集　漆黒怪談
はさまる　実話蒐録集　漆黒怪談
ばかT　実話蒐録集　漆黒怪談
体験者　実話蒐録集　漆黒怪談
なめこ汁　実話蒐録集　漆黒怪談
しねえええええええ　実話蒐録集　闇黒怪談
血まみれのおまわりさん　実話蒐録集　闇黒怪談
笑う十円　実話蒐録集　闇黒怪談
ついてますよ　実話蒐録集　闇黒怪談
ミセス・アンドウ　実話蒐録集　闇黒怪談
地底人、コワイ　実話蒐録集　闇黒怪談
息子への手紙　実話蒐録集　闇黒怪談
カギヲカケタカ　実話蒐録集　闇黒怪談
クイズ番組　実話蒐録集　魔黒怪談
親人形　実話蒐録集　魔黒怪談
白いもの　実話蒐録集　魔黒怪談
バッグ　実話蒐録集　魔黒怪談
ペット厳禁　ふたり怪談　伍
残留物　怪談実話　FKB饗宴6
酒癖手癖　黒塗怪談　笑う裂傷女
難　書き下ろし
有言実行　書き下ろし

黒怪談傑作選　闇の舌

2019年1月4日　初版第1刷発行
2022年6月25日　初版第2刷発行

著者　黒 史郎
デザイン　吉田優希(design clopper)
企画・編集　中西如(Studio DARA)
発行人　後藤明信
発行所　株式会社 竹書房
〒102-0075　東京都千代田区三番町8-1
三番町東急ビル6F
email: info@takeshobo.co.jp
http://www.takeshobo.co.jp
印刷所　中央精版印刷株式会社

定価はカバーに表示しています。
落丁・乱丁があった場合はfuryo@takeshobo.co.jpまでメールにてお問い合わせください。

ISBN978-4-8019-1707-1 C0193